AF287483

Luise Hope

Hersteller und Verlag

Books on Demand GmbH,
Norderstedt
Tel.+49(0)40-534335-0
Fax+49(0)40-534335-84
e-mail:info@bod.de
www.bod.de
www.luise11.jimdo.com

ISBN 9783839131558

Zwanzig Jahre und doch wie gestern

Books on Demand GmbH

Dieses Buch widme ich meinem Sohn Björn

aber auch all denen, die den schmerzlichen Verlust eines Kindes erfahren haben.

Einen lieben Dank an meine Freundin, die mir die Anregung gab, dieses Buch zu schreiben.

Prolog

Nehme das Buch zur Hand,
lese die Texte, die darin geschrieben stehen.
Texte so unfassbar traurig,
voller Sehnsucht und Schmerz.
Die Verzweiflung und Trauer
deutlich zu spüren.
Die Erinnerung ist wieder da,
die Erinnerung an diese Frau,
die diese Texte schrieb.
Ich kenne ihren Schmerz, ihre Verzweiflung,
ihre tiefe Trauer, diese Dunkelheit,
in der sie sich so verloren fühlt
und sich genau diese,
doch irgendwann herbei sehnt.
Ich möchte dir ein wenig von ihr erzählen....

Sie war ein ruhiger, zurückhaltender und verschlossener Mensch, immer darauf bedacht, niemanden zu verletzen. Für andere setzte sie sich ein, half wann immer man sie fragte.
Ein Nein, war nur selten zu hören, suchte und fand immer einen Weg, Allen gerecht zu werden.
Mit 21 Jahre, war sie bereits verheiratet und Mutter von drei Kindern. Lebte mit ihrem Mann und ihren Kindern ein zufriedenes und halbwegs glückliches Leben.
Nach dem sie den größten Teil ihrer Kindheit in einem Heim verbrachte und ohne die Geborgenheit einer Familie aufwuchs, war ihre kleine Familie ihr Ein und Alles. Sie wagte wieder zu träumen, was ihr bereits in frühster Kindheit verloren ging.
Plante für die Zukunft, schaute voller Zuversicht nach vorn und immer häufiger entdeckte man ein Lächeln auf ihrem Gesicht.
Es schien, als wenn sich ihr Schicksal zum Guten gewendet hätte und sie endlich Ruhe finden würde ….
Doch der Schein trog….
An einem kalten Frühlingsmorgen, schlug das Schicksal auf grausame Weise   zu ………
Nur ein   Moment, ein Wimpernschlag in der großen   Unendlichkeit, zerstörte ihre Illusionen von einem unbeschwerten, glücklichen Leben….

*Es gibt Menschen, die ihr Leben lang kämpfen
müssen, egal für oder um was. Ihr Leben ist ein
ständiger Kampf. (Was nicht immer negativ zu
bewerten ist.)Diese Frau ist so ein Mensch,
sie hat sich niemals unterkriegen lassen,
kam oft ins Stolpern,
lag so manches Mal am Boden zerstört und doch
stand sie immer wieder auf.
Diesen Schicksalsschlag, von dem sie schreibt,
(den leider sehr viele Eltern erleiden),
hätte sie fast nicht überlebt....*

*Ließ selbst was sie zu erzählen hat,
es zeigt dir, dass du nicht allein mit deinen
Gedanken und Gefühlen bist.
Vielleicht hilft es dir,
ein Licht in Deiner Dunkelheit zu sehen!*

Zwanzig Jahre und doch wie gestern

Als mein Sohn starb, brach meine Welt in
tausend kleine Stücke.
Einige fand ich wieder,
andere waren auf ewig verloren.
Wieder andere, fügten sich neu hinzu,
ließen mich zu dem Menschen werden,
der ich heute bin.
Es ist nun zwanzig Jahre her
und doch erscheint es mir wie gestern.

9 April 1988
Es war ein kalter stürmischer Morgen,
seit Tagen hatte ich dieses unbestimmte, flaue
Gefühl im Bauch. Auch an diesem Morgen stand
ich mit diesem Gefühl auf, beachtete es aber
nicht weiter, schob es bei Seite, wie so oft in den
letzten Tagen. Es machte mir Angst. Ich hatte
seit meiner frühen Kindheit gewisse Ahnungen,
als mir bewusst wurde, dass sie sich
irgendwann bewahrheiteten, sprach ich mit
meinen Erziehern darüber. Sie sagten, niemand
könnte wissen was geschieht und manchmal,
wenn ich sagte, dass ich wusste dass diese
bestimmte Situation eintreten würde, wurde ich
nur noch belächelt. Also verbannte ich diese aus
meinem Bewusstsein. Es legte sich ein Schleier
über diese Dinge, ich wusste, sie sind da aber
ich ließ sie nicht an die Oberfläche kommen.
Dass sich der Schleier an diesem Tag für immer
lichten würde, ahnte ich nicht im Geringsten....

Ich bereitete also das Frühstück für mich und meinen Mann, der von der Nachtschicht heim kommen würde. Ein Lächeln breitete sich über mein Gesicht, bei dem Gedanken, wie meine Kinder nach und nach zum Frühstück erscheinen werden. Erst mein ältester Sohn (fast fünf J.) mit einem Lachen auf dem Gesicht, dann meine Tochter(zweieinhalb J.) mit verschlafenen Augen und schließlich würde sich unser Jüngster(6Mon.) mit seinem Plappern bemerkbar mache. Ich würde ihn aus seinem Bettchen zu uns ins Esszimmer holen und ihn in seine Wippe legen, damit er alles sehen konnte. Ich liebte es, sie alle um mich zu haben, das Strahlen in ihren Augen machte mich glücklich. Es war unser kleines Morgenritual…
zumindest das meiner Kinder und meines.
Doch dieser Morgen, war nicht wie jeder Morgen. Meine beiden Großen waren schon lange wach, das Frühstück beendet,
mein Mann war schon auf dem Sofa eingeschlafen.
Ich, dachte mir, ich räume noch schnell alles auf, bevor unser Kleiner sich meldet und meine volle Aufmerksamkeit fordern würde.
Immer wieder horchte ich an seiner Zimmertür, langsam beschlich mich eine dunkle Ahnung.
Je später es wurde desto stärker spürte ich dieses beklemmende Gefühl in meiner Brust. Angst breitete sich in mir aus, ich stand vor der Zimmertür und wollte sie nicht öffnen. Ich spürte, der Schleier hatte sich verzogen….
Mit einem mal wusste ich, was mich hinter der

Tür erwarten würde...............
Als ich die Türklinke hinunter drückte, sträubte sich alles in mir das Zimmer zu betreten, es war als wollte mich irgendetwas zurückhalten.
Leise mit klopfendem Herzen betrat ich den Raum, ich sagte mir, es kann nicht sein und doch bestätigte sich meine Ahnung. Ein Blick auf meinen Sohn reichte und meine Welt brach über mir zusammen. Ich sah sein sonst so süßes Gesicht, es war fast vollständig bläulich verfärbt, vorsichtig nahm ich ihn aus seinem Bettchen, erschrak über die Kälte und Starre seines kleinen Körpers.
Fassungslos blickte ich auf ihn herab.
Gedanken schossen mir durch den Kopf...
Das kann nicht sein, das kann einfach nicht sein...Gestern war er doch noch so munter, er kann nicht einfach tot sein,
das geht einfach nicht ......
Ich rief leise seinen Namen, flehte ihn an zurück zu kommen.
Tränen kullerten über meine Wangen, trafen sein Gesicht.
Zärtlich wischte ich sie ihm weg,
verzweifelt drückte ich ihn an mich,
wollte ihm meine Wärme geben, rief immer wieder nach ihm..........
Sagte immer und immer wieder:
"Wach doch auf, atme, bitte atme doch endlich, bitte komm zurück............

Ich wusste, er ist längst gegangen von dieser
Welt und doch wollte ich es nicht sehn, die
Endgültigkeit nicht zulassen.
Wollte ihm neues Leben einhauchen,
Wärme geben, er war so entsetzlich kalt....
Seine Augen, ich wollte in seine Augen sehen,
wollte das Glitzern in ihnen sehen,
den Übermut, der immer aus ihnen sprühte,
seine Lebensfreude darin entdecken.
Doch alles was ich sah, waren braune Augen,
aus denen mir der Tod entgegen blickte.
Ein Sturm sämtlicher Emotionen wütete in
meiner Seele, meine Seele schrie vor
Verzweiflung und Schmerz in die Unendlichkeit:
„Lasst es nicht wahr sein, tut mir das nicht an.
Nehmt mein Leben und gebt ihm seines zurück,
lasst alles nur ein Traum gewesen sein."
Wem ich diese Worte eigentlich entgegen
schleuderte, weiß ich nicht ....
Aber ich weiß,
niemand hat mein Flehen erhört ......
Ich schrie nach meinem Mann, auch er versuchte
alles, was auch ich schon vorher versuchte,
und noch einmal, blickte mir der Tod entgegen.
Eine eisige Hand umklammerte mein Herz,
Ich schaute meinen Mann von der Seite an, in
Gedanken flehte ich, lass ihn los, hör auf.
Es hat keinen Sinn, er ist längst nicht mehr bei
uns. Doch die Worte blieben mir im Hals stecken,
denn so wie ich vorher, musste auch er die
Emotionen durchleben. Auch er musste sich
selbst sagen können, unser Sohn ist tot.
Wir hatten nie eine Chance zu kämpfen und

doch versuchten wir es weiter. Tränen liefen still
über meine Wangen, ich wollte nicht mehr weiter
machen und doch konnte ich nicht aufhören.
Die Fassungslosigkeit   war so unendlich groß.
Ein unbestimmtes Gefühl ließ mich irgendwann
zur Kinderzimmertür blicken und ich sah meinen
ältesten Sohn in der Tür stehen.
Er hatte den verzweifelten Kampf,
seinen Bruder zu retten mit angesehen.
Den Ausdruck in seinen Augen, werde ich wohl
nie vergessen.
Die gleiche Fassungslosigkeit,
die auch ich spürte, war darin zu erkennen.
Angst, Verständnislosigkeit und doch die
Erkenntnis :
Es ist etwas Schreckliches geschehen.
Die unausgesprochenen Fragen in seinem Blick.
Sekundenlang sahen wir uns in die Augen, wie
gelähmt standen wir beide da. Bis ich mich aus
dieser Starre löste, dauerte es einige Momente.
Ich nahm ihn und seine Schwester und brachte
sie erst einmal zu einer Nachbarin.
Ich selbst war in diesem Moment nicht in der
Lage, meinen Kindern zu erklären, was
geschehen war.
Als ich den Notarzt anrief, überlegte ich, ob ich
nicht doch lieber sofort den Leichenbestatter
anrufen sollte.
Logisches Denken, Verzweiflung und …na, ich
weiß nicht wie ich es nennen soll, mischten sich
auf eine groteske Weise.
Gedanken wie :
Wie kann ich alles ungeschehen machen?

*Warum habe ich nicht gespürt, dass mein Sohn
stirbt?*
"Hat er mich vielleicht gerufen?
---Ich war nicht bei ihm, als er starb. ---
*--Wird er es mir verzeihen, dass ich nicht bei ihm
war?*
*Was ist geschehen, hat er Schmerzen gehabt
als er starb?*
*Er war ganz allein als er von dieser Welt ging.
Warum habe ich diesem flauen Gefühl und den
anderen Vorboten des Unheils, keine Beachtung
geschenkt?*
*Tausend Dinge gingen mir durch den Kopf, als
wir auf den Notarzt warteten.*
*Als die Rettungssanitäter kamen, konnten sie
nur noch den Tod feststellen und einer von ihnen
sagte:" Na, da ist ja wohl nichts mehr zu
machen. "Mein Geist schrie in Gedanken: Helft
ihm doch, du musst was tun, hol ihn mir zurück.
Dabei schaute ich ihn an und schüttelte nur
langsam den Kopf, merkte wie die Tränen erneut
stumm meine Wangen hinunter liefen.*
*Der Notarzt der hinzu kam, informierte die
Kriminalpolizei, die dann auch recht schnell
eintraf. Sie stellten mir dutzende von Fragen.
Völlig gelähmt antwortete ich automatisch,
ohne überhaupt bewusst wahr zunehmen, was
sie mich alles fragten. Irgendwann, fragte ich
den Beamten, ob er ernsthaft glauben würde,
dass ich meinem Sohn das Leben genommen
hätte. Einige Fragen zielten nämlich genau in
diese Richtung, was ich erstaunlicher Weise
sehr schnell registrierte. Er ging nicht weiter*

15

darauf ein, sondern erklärte vorsichtig, dass
unser Sohn obduziert werden würde,
um die Todesursache zu klären.
Bei dem Gedanken, das sein kleiner Körper
aufgeschnitten werden würde, krampfte sich
alles in mir zusammen.
Warum kann er nicht in Frieden ruhen,
warum auch noch seinen Körper verletzen.
Ohne es zu merken sprach ich diese Gedanken
laut und ziemlich verzweifelt aus. Der Beamte
zeigte Verständnis für meine Äußerung.
Erklärten uns aber auch, dass es viel zu viele
Kinder gibt, die durch die Hand ihrer Eltern
sterben.
Aus diesem Grund würde immer eine Obduktion
durch geführt werden, wenn ein Kind zu Hause
verstirbt.
Die andere Sache war, das es immer noch keine
klaren Erkenntnisse oder Hinweise über den
plötzlichen Kindstod gab und jedes Kind was
daran verstarb, (wie sie bei unserem Sohn
vermuteten)in eine Studie/
Forschungsprogramm aufgenommen werden
würde.
Unser Junge, wäre schon das vierte Kind in
dieser Woche(es war ein Samstag) gewesen was
daran verstarb.
Diese Erklärung machte es verständlicher
aber nicht einfacher.
Ein Chaos in meinem Kopf, in meiner Seele.....
Immer wieder wurde mein Körper vom
Schluchzen erschüttert, meine Augen waren von
Tränen ganz blind,

immer wieder fragte ich nach dem "Warum"
Warum mein kleiner Sohn????
Es ist so ungerecht.
Andere Menschen sind krank, leiden, wollen
sterben, doch können sie es nicht.
Werden nicht erlöst ….
Doch mein kleiner Engel,
so unschuldig und klein.
Warum, warum muss so etwas geschehen?

Die Beamten standen mir ziemlich hilflos gegen
über, denn sie wussten genau, egal was sie
sagen würden…
Jede Antwort wäre die falsche gewesen.
Irgendwann saß ich nur noch da,
mit starrem Blick, hörte alles nur noch aus
weiter Ferne, sagte kein Wort.
Meine Gedanken ein totales Wirrwarr.
Überlegte mir, wie ich dem allen ein Ende setzen
könnte, wie ich dem was kommen würde
entfliehen könnte.
Versunken in meiner Seele malte ich mir aus,
welchen Weg ich gehen würde, um meinem Sohn
zu folgen.
Die Tränen liefen still meine Wange hinunter.
Einer der Ärzte setzte sich mir gegen über, sagte
lange nichts, sah mich nur an.
Schließlich fragte er wie neben bei:
" Wo gehen sie morgen hin?"
„Zu meinem Sohn", antwortete ich ganz spontan.
Als er sprach, war seine Stimme ganz leise und
voller Mitgefühl:

" Sie wissen das das nicht geht, wer kümmert sich dann um ihre anderen Kinder?" Ich sah ihn verzweifelt an.

Er nahm meine Hand und drückte sie ganz leicht, sagte: "Sie schaffen das, sie sind stärker als sie glauben. Ich habe schon viele Frauen an dem Tod ihres Kindes zerbrechen sehen, sie werden die Kraft finden, den richtigen Weg zu gehen. Ich sah ihn verzweifelt an und glaubte ihm kein Wort.

Er fragte ob ich etwas zur Beruhigung haben wollte, damit ich mich später um die Kinder kümmern könnte. Nach dem ich verneinte, drückte er noch einmal meine Hand und verabschiedete sich.

Mir wurde schlagartig bewusst,
dass ich sie in meiner Verzweiflung völlig vergessen hatte. Das durfte mir nicht noch mal passieren,
ich musste mich zusammen reißen,
für sie da sein, damit sie dieses schreckliche Erlebnis verarbeiten konnten.

Der Schmerz in den Augen meines Mannes brach mir fast das Herz .Wie sollte ich ihm helfen, all das zu überstehen?

Mein eigener Schmerz lähmte meine Sinne, der Schock saß einfach zu tief.

Ich konnte selbst noch nicht fassen,
was geschehen war.

Hoffte es wäre alles nur ein böser Traum,
aus dem ich irgendwann erwachen würde.

Ich wollte meiner Familie helfen......
wusste selbst nicht wie aber ich musste es so

gut wie möglich versuchen.
Ich wünschte mir so sehr, dieser Tag wäre nie
erwacht ....
Letztendlich kam der Leichenbestatter,
der meinen Sohn dann mit sich nahm.
Ich wollte ihn am liebsten gar nicht gehen lassen
und doch wusste ich,
das ist nicht mehr mein Sohn,
den er damit sich nahm.
Es war nur noch sein kleiner, toter Körper.

Die Vorbereitungen für das Begräbnis,
übernahm der Leichenbestatter. Ein Kranz
musste ausgesucht werden, die Sachen die
Björn tragen sollte, suchte ich mit aller Sorgfalt
aus ....
Der Pastor kam, besprach mit uns die
Trauerfeier, sollte unser Sohn aufgebahrt
werden oder eher nicht. All das wollte ich nicht
hören, ich wollte flüchten, flüchten vor dieser
Endgültigkeit des Begreifens. Doch ich musste
es tun, tun für meinen Sohn, es war das letzte
was ich tun konnte ....
Der Grabstein musste ausgesucht werden, wie
sollte er aussehen, wann sollte er gesetzt
werden usw.
Ich erlebte alles zwar bewusst, wusste auch,
dass es für meinen Sohn ist aber dennoch
hatte ich das Gefühl, das bin nicht ich, die diese
Endscheidungen trifft. Der Pastor kam noch mal
und brachte ein Buch mit für die
Trauerverarbeitung bei Kindern, denn das stand
für mich erst einmal im Vordergrund.

*Wir führten Gespräche, in denen ich zum ersten
Mal das Bedürfnis hatte, zu wiedersprechen.
Wie kann man sagen:" Gotteswege sind
unergründlich, wer weiß schon welcher Sinn
dahinter verborgen liegt."
Ich wollte den Sinn dahinter gar nicht erkennen,
ich wollte meinen Sohn zurück. Und mal ganz
ehrlich, wo liegt der Sinn des Todes, eines
gesunden Kind, das aus einer Familie gerissen
wird und die ganze Familie darunter leidet?
Ich fand ihn bis heute nicht....
Das Begräbnis erlebte ich ganz allein für mich,
die anderen Menschen, die Beileids
-bekundungen, die große Anteilnahme, alles ging
an mir vorüber wie ein Film, dem ich zusehe,
der mich aber nicht betrifft, hörte jedes Wort was
gesagt wurde, als sie hinter mir,
vor meinem aufgebahrtem Sohn standen.
Ich schaute ihn an und suchte nach Spuren der
Verletzung, die der Gerichtsmediziner
unweigerlich bei ihm hinterlassen hatte.
Ich fand keine, auch war seine Haut wieder
„normal" gefärbt.
Er sah aus, als würde er nur schlafen.
Ich fühlte nichts, weder den Schmerz noch die
Verzweiflung, war innerlich erstarrt in einer
nicht zu beschreibenden Leere.
Ich sprach in Gedanken mit ihm,
so als wäre ich bei ihm ......
Ignorierte einfach seinen Tod, stellte mir vor,
er wäre nur an einem andern Ort und käme bald
wieder. Sah alles aus weiter Ferne, registriere
alles, jedes Wort, jede Situation, brannte sich in*

mein Gedächtnis, es berührte/erreichte mich aber nicht……

War gefangen in dieser gefühlslosen Welt tief in mir. So ging es eine ganze Weile, selbst meine Kinder ließ ich emotional nicht an mich heran. Ich kümmerte mich um sie, versuchte ihnen verständlich zu machen, was der Tod bedeutet, versuchte ihnen zu helfen mit der Situation um zu gehen. Versuchte mich zu erinnern, wie ich mich fühlte, als mein Bruder starb. Ich war damals selbst erst zwei Jahre, so wie meine Tochter. Niemand konnte mir sagen, was ich falsch oder richtig machte. Also versuchte ich es mit Sachlichkeit, da ich den Schmerz und die Trauer vor den Kindern nicht zulassen wollte. Ich wusste nicht wie ich damit umgehen sollte…..ich fühlte mich so hilflos.

Mein ältester Sohn, durchbrach mit einer einzigen Frage, die Grenzen zu dieser trostlosen Welt….

Wir waren auf dem Friedhof, ich zündete eine Kerze an, redete in Gedanken mit Björn. Mein Großer besah sich den kleinen Erdhügel mit all den Blumen und Kränzen darauf und fragte mich:„Mama, warum ist Björn hier vergraben, ihm ist ganz kalt."

Ich antwortete ihm, dass hier, nur sein kleiner Körper liegt und seine Seele frei ist wie der Wind. Dass er nun hinfliegen kann wohin er will.

Er sagte darauf: "Wenn ich tot bin, will ich auch hier vergraben werden, dann können wir zusammen fliegen, ich vermisse ihn so sehr."

Dies wenigen Worten, zerrissen mir mein Herz,

meine Seele schrie in die Unendlichkeit,
meine Tränen bahnten sich unaufhaltsam ihren
Weg. In wenigen Sekunden, realisierte ich, die
Situation in der ich mich befand.
Meine Gedanken verselbstständigten sich ....
Dieses Realisieren war so erschreckend, diese
Verzweiflung, diese Endgültigkeit des Todes,
das Begreifen der Tatsachen,
die Hoffnungslosigkeit, dieser unbändiger
Schmerz, all das stürmte mit einem Mal auf mich
ein .....und doch blieb diese unbeschreibliche
Leere in mir, dieses riesen große Loch in meiner
Seele, in meinem Herzen.
Allein der Gedanke, meinen anderen Kindern
könnte auch etwas passieren, machte mich
verrückt.
Mein Sohn, ziemlich erschrocken über meinen
Ausbruch, nahm mich in den Arm und sagte:
„Mama weine nicht, wir sind doch auch noch da
und jetzt will ich doch gar nicht fliegen.
Ich sah ihn an und antwortete: "Björn fehlt mir
auch so sehr, ich bin froh das ihr bei mir seid,
ich habe euch ganz doll liebund egal was
geschieht, ich werde immer bei euch sein."
Um meine Kinder nicht noch einmal in eine solch,
für sie erschreckende Situation zu bringen,
musste ich mich selbst unter Kontrolle
bekommen.
So verschloss ich mich aufs Neue vor dem Rest
der Welt, vor dem Schmerz und vor allem was
folgte. Doch dieses Mal war es anders,
ich achtete auf die Bedürfnisse meiner Kinder,
meiner Mitmenschen und ließ mich selbst im

Dunkeln stehen.
Zu groß war die Fassungslosigkeit ,
die Verzweiflung, zu groß der Schmerz,
der mich zu zerstören drohte.
Ich konnte sie nicht zu lassen.
Ich hatte Angst mich in all dem zu verlieren.
Die Verantwortung und Liebe meinen Kindern
gegenüber war größer, für sie fand ich die Kraft,
alles zu überstehen.
Sie brauchten mich genauso, wie ich sie!!
Ich war innerlich zerrissen, auf der einen Seite,
wollte ich meinem Sohn folgen, auf der anderen
Seite standen meine Kinder, die mich brauchten.
Für sie funktionierte ich von einem Tag zum
anderen …………..
Versuchte ihnen verständlich zu machen, was
geschehen war.
Es verging nicht ein Tag, an dem ich mir nicht
selbst immer und immer wieder dieselben
Fragen stellte.
Hätte ich es verhindern können?
Habe ich etwas übersehen?
Habe   ich etwas überhört?
War ich nicht achtsam genug?
Und immer wieder, die Frage nach dem Warum.
Warum musste mein kleiner Engel sterben?
Manchmal wünschte ich mir, nie aus dieser
Starre erwacht zu sein, denn auch wenn ich
mich verschloss, so erreichte es mich doch.

Tagelang kochte ich morgens noch sein
Fläschchen, schüttete es jedes Mal voller
Verzweiflung und Tränen im Blick in den

Ausguss.
Er liebte es so sehr, seinen Grießbrei bei
morgendlichen Kuscheln in meinem Bett zu
trinken. Er fehlte mir so sehr ….
Wenn ich allein in der Wohnung war,
ging ich in sein Zimmer, setzte mich in unseren
Stuhl und starrte auf sein leeres Bettchen.
Einige Kuscheltiere gaben wir ihm mit in sein
Grab, die, die noch da waren, drückte ich oft an
mich, nur um seinen Duft vielleicht noch zu
riechen.
Hielt seine Decke in meinen Armen, stand reglos
am Fenster, schloss die Augen und wünschte, er
wäre noch bei mir.
Wünschte mir so oft, ich könnte zu ihm gehen.
Die Tränen liefen mir über die Wangen,
Verzweiflung   und unbändiger Schmerz
breiteten sich in mir aus. Wollten heraus,
doch ließ ich es nicht zu, verschloss sie in
meinem Herzen, in meiner Seele.
Ich wusste nicht, wie ich damit umgehen sollte.

Ich konnte und wollte   ihn einfach nicht
loslassen ....

Nachts kamen die Träume,
manchmal waren es schöne Träume,
in denen er zu mir kam und mir sagte:
„Mama weine nicht, ich bin doch bei dir „
Ich nahm ihn dann   in meine Arme,
spürte seine Nähe, seine Wärme,
sah das Leuchten in seinen Augen.
In diesen Momenten fühlte ich mich wieder

glücklich, doch umso schlimmer war das
Erwachen am Morgen, wenn ich dann vor
seinem leeren Bettchen stand.
Andere Träume spiegelten seinen Tod wieder.
Von meinen eigenen Tränen geweckt,
lag ich oft da, kämpfte mit der Verzweiflung,
starrte in die Dunkelheit und hoffte die Nacht
würde schnell vergehen.
Mein Mann schlief neben mir, von Tabletten
beruhigt, versunken in seinem eigenen Schmerz.
Ich weiß nicht einmal, ob er später   meine
Tränen noch sah.
Er brauchte und suchte das Gespräch,
doch ich hatte nie gelernt über meine Gefühle
und Gedanken zu reden.

Niemand sah meine Verzweiflung, meinen
täglichen Kampf. Und wenn es doch Jemand
sah, fand er keinen Weg zu mir, um es mir zu
sagen oder zu zeigen .Ich fand nie den Mut mich
anzulehnen, mich fallen zu lassen.
Ich hatte immer das Gefühl, das mein Mann mich
für den Tod unseres Sohnes verantwortlich
machte. Er sagte nie etwas in dieser Richtung,
es war nur so eine Ahnung.(Die sich ein Jahr
später durch einen Zufall bestätigte.)

Monate lang   lebte ich wie in Trance,
nur meine Kinder drangen zu mir durch,
mit ihnen konnte ich ungezwungen umgehen.
Alles was um mich herum geschah, war mir
egal, es interessierte mich nicht.
Ließ alles still schweigend über mich ergehen.

*Kein Radio, kein Fernsehen über Monate
schwarz gekleidet, jedes kleine Lächeln ein
schlechtes Gewissen, wenn es überhaupt mal zu
Stande kam. Andere maßten sich an, darüber zu
urteilen, wie man denn angemessen trauert.
Sagten was man tut und was man nicht tut, um
die Seele des Toten   nicht zu verwirren, sie los
zu lassen.
Ich fragte mich oft, mit welchem Recht?
Ich wollte meinen Sohn gar nicht los lassen,
wollte in sein Zimmer gehen, seinen Duft riechen.*

*Ich fühlte mich erdrückt von all den gut
gemeinten Ratschlägen.
Doch meine Lippen blieben stumm…...
Zu jung und zu betäubt, erstarrt in meinem
Schmerz, um sich dagegen auf zu lehnen.
Meinte es doch jeder nur gut und wollte helfen.
Auch sie mussten den Tod verarbeiten und es
war wohl ihre Art damit um zu gehen.
Aber für mich, war es völlig falsch. Je mehr
geredet wurde, desto mehr zog ich mich zurück.
Ich war einfach noch nicht so weit …...*

*Oft kamen die Sätze: Weißt du noch, als er das
oder das gemacht hat…...
Ich konnte diese Fragen irgend wann nicht mehr
hören, ich hasste sie sogar …...
Wie kamen sie darauf, dass ich es je vergessen
könnte.
Er war doch mein Kind, mein Engelchen,
es tat mir weh, immer und immer wieder die
Erinnerung herauf zu beschwören.*

Doch den Satz:
"Die Zeit heilt alles Wunden."
hasste ich noch viel mehr.
Immer wenn die Seelenqualen in meinem
Gesicht deutlich zu erkennen waren,
kam dieser Satz……
Er wurde von Menschen geäußert,
die nicht im geringsten ermessen konnten,
wie tief diese Wunde ging,
wie schmerzhaft sie war, was sie aus mir und
meinem Leben machte.
Ich konnte es ja zu diesem Zeitpunkt selbst nicht
einmal ermessen.
Woher nahmen sie diese Erkenntnis, dieses
Recht mir so etwas zu sagen, sprachen sie damit
nicht nur ihre eigene Hilflosigkeit aus?
Aber dennoch sollten sie diese Äußerungen für
sich behalten. Ich wollte nichts mehr höre, nichts
sehen, am liebsten hätte ich mich in eine tiefe
Höhle verkrochen und wäre nie wieder
aufgetaucht.
Ich wollte in Ruhe trauern, wenn Ich bereit dazu
war, nicht wenn andere es für richtig hielten.
Wollte allein mit meinen Gedanken sein ….
So habe ich lange Zeit im Dunkeln verbracht,
abgeschottet von der Welt da draußen,
kein Hoffnungsschimmer mehr gesehen,
nur diese dunkle, kalte Leere in mir.
Bittere Schmerz, der die Seele quälte,
Verzweiflung, die den Verstand lähmte,
Sehnsucht die das Herz verbrannte und
manchmal der Wunsch einfach zu gehen.
All das bestimmte für sehr lange Zeit mein

Leben.
Alles an was ich bis dahin glaubte,
meine gesamte, bisherige Lebenseinstellung,
stellte ich in Frage.
Dann die bedrückende Frage, kann ich meinen
Kindern überhaupt helfen, dieses Trauma zu
überstehen?
Nach ein paar Monaten gaben wir bis auf ein
paar Teile, alles Sachen von Björn ab. Meine
Tochter bekam dann sein Zimmer. Ich hatte erst
Bedenken aber sie setzte sich nachts sowieso
immer in sein Bettchen und spielte mit ihm, so
als wäre er noch da. Ihr Bett stand dann an
derselben Stelle wie seins, so verließ sie nachts
nicht mehr ihr Bett, vielleicht war gerade das die
Verbindung, die die beiden hatten, ich weiß es
nicht. Es ging noch eine ganze Weile so, bis sie
schließlich von allein wieder durch schlief.
Nachts, wenn dann meine Tochter mit ihrem
Bruder spielte, so als wäre er noch da und der
traurigen, verstörte Ausdruck in den Augen
meines älteren Sohnes(fast fünf Jahre)
ließen mich noch mehr verzweifeln.
Wie erklärte ich meinen Kinder,
warum der kleine Bruder sterben musste,
wenn ich es doch selbst nicht verstand/wusste.
Wenn ich mir doch selbst diese Frage immer und
immer wieder stellte.
Jeden Tag ging ich zum Friedhof, zu seinem
Bettchen, wie ich es im Stillen nannte.
Zündete eine Kerze an, das Licht meiner Liebe,
das noch heute brennt.(Obwohl ich heute nicht
mehr so oft zu ihm komme.)

*Ich redete mit ihm, weinte, wenn es niemand
sah.
Wollte begreifen was geschehen war, flüchtete
mich immer wieder in meine eigene Welt,
denn mich mit der Trauer auseinander setzen,
konnte ich noch lange nicht.
Mir blieb keine Zeit dazu, ständig war
irgendjemand da, der mir helfen, mich ablenken
wollte. Ich kam einfach nicht zur Ruh.
Ich war völlig hin und her gerissen, zwischen
dem Wunsch meiner Familie zu helfen und
einfach in Ruhe gelassen zu werden.*

*Ein paar Tage nach dem Begräbnis,
spürte ich zum ersten Mal, die Anwesenheit
meines Sohnes, nahm seinen Duft wahr,
immer genau dann, wenn ich dachte …
Ich kann es nicht länger ertragen,
erlöst mich doch endlich von meinem Schmerz,
von meinen Seelenqualen.
Anfangs erschreckte es mich, dachte ich werde
wahnsinnig. Erzählte niemanden von diesen
Wahrnehmungen,
erst als mein Mann mich eines Tages fragte,
ob ich auch unseren Jungen spüren und seinen
Duft wahrnehmen würde.
Den Gedanken, dass mein Junge bei mir war,
empfand ich seltsamer weise als beruhigend.
Ich kam zu der Überzeugung, dass jede Seele
nur in eine andere Welt übergeht,
für uns unsichtbar und doch wahr nehm bar,
wenn wir es nur zulassen.
Wenn wir offen dafür sind!*

*Doch diese Überzeugung die mir erst einmal
Ruhe vermittelte, barg auch ein gewisses Risiko.
Die Verlockung einfach hinüber zu gehen, in die
Welt der Toten, wurde größer,
denn ich wusste, ich würde ihn dort wieder
sehen und ihn in meine Arme schließen können.*

*Meine Trauer war manchmal so Abgrund tief,
der Schmerz so zerstörerisch, wenn ich ihn mal
zuließ,
das ich dachte, ich könnte nie wieder ein
halbwegs normales Leben führen.
Auf der einen Seite, zufrieden mit der Familie
leben, mit einer gewissen Ruthenen.
Glücklich darüber meine anderen Kinder zu
haben. Auf der anderen Seite, diese tiefen
Abgründe, die sich mir auftaten und mich mit in
die Tiefe zogen.
Ich schämte mich manchmal fast,
für meine Gefühle und Gedanken.
Erwartete doch jeder Kraft und Stärke von mir,
viele hatten den Eindruck, ich hätte es
überwunden oder wäre gar nicht fähig zu
ehrlicher Trauer, nur weil ich nicht über meine
Gefühle sprach.
Mit welcher Arroganz manche Menschen doch
durchs Leben laufen und meinen sie wüssten
alles ....*

*Ich versuchte mit meinen Kindern ganz offen
mit dem Thema1"Tod" um zugehen. Versuchte
ihnen zu erklären, dass das Leben ein Kreislauf
ist, das der "Tod" zum Leben dazu gehört.*

Dass er etwas Normales ist über das man reden
kann und darf.
Ich versuchte ihnen zu vermitteln
das jeder Tag etwas Besonderes ist.
Wenn dir etwas Schönes und Gutes wieder
fährt, nimm es an und genieße es.
Mit Außenstehenden sprach ich überhaupt nicht
über Björn, zu groß war die Angst, sich mit dem
Schmerz auseinander zu setzen, sich erklären
zu müssen.
Doch wenn ich allein war, (was sehr häufig vor
kam, da mein Mann viel unterwegs war und ich
mich ziemlich allein gelassen fühlte) Zeit zum
nachdenken hatte, brachen meine innersten
Gefühle aus mir heraus.
Die Trauer, der Schmerz, die Verzweiflung,
all das, was ich immer unter drückte,
riss mich mit sich, in eine scheinbar,
nicht enden wollende Dunkelheit.
Die Trauer befreit aus ihrem Gefängnis, ließ mich
die Einsamkeit spüren, in der ich lebte.
Ich hatte einen Partner, meine Kinder und doch
fühlte ich mich immer allein in meiner Trauer.

Es gab sicherlich einige Menschen, die mir
wirklich helfen wollten, doch konnten sie es
nicht. Wie sollte ich jemanden erklären, welche
Abgründe sich mir in meinem Schmerz auftaten,
oder das mich der Wunsch zu sterben
manchmal ergriff.
Einmal äußerte ich mich dem entsprechend und
wurde als verantwortungslos und gedankenlos
betitelt und das von einer Frau, die nicht im

Geringsten begriff, das zwischen Wunsch und Ausführung, Welten standen.

Das ich meine Kinder niemals freiwillig allein lassen würde ....

Die Familie meines Mannes war sehr gläubig, suchten Trost in Gebeten.

Ich dagegen wollte nicht an einen Gott glauben, der mir meinen Sohn nahm.

Erst fragte ich, warum Gott mir meinen Sohn nahm, warum er mir immer wieder etwas nimmt, wenn ich gerade halbwegs glücklich bin.

Dann war ich wütend und Letzt endlich starb der Glaube an Gott gänzlich.

Sicherlich gibt es eine höhere Macht, die uns hin und wieder leitet, die uns bei steht, über uns wacht. Doch Gott, so wie es von der Kirche gepredigt wurde, der alles allein in der Hand hatte, der über unser Schicksal allein entschied, das wollte ich so einfach nicht hin nehmen.

Wo, ist denn dann die Liebe und Barmherzigkeit, von der so oft gepredigt wird, hat er mir aus Liebe mein Kind genommen?

Diese Worte schleuderte ich meiner damaligen Schwiegermutter entgegen, als sie mir mal wieder sagte, ich solle auf Gott vertrauen, es würde alles wieder gut. Sie war Fassungslos über meine Wut, über die Heftigkeit meiner Äußerung und natürlich über die Äußerung im Ganzen. So kannte mich Niemand, niemals zuvor hatte ich mein Schicksal beklagt   und nun stellte ich den in Frage, der doch ihrer Meinung nach, unser Schöpfer war....leider verstand sie mich nicht im geringsten und irgendwann gab

sie es auf, mich zu bekehren.
Ich kam für mich zu der Einstellung,
das sich jeder selbst helfen kann, wenn er es nur
will ..
Das jeder die Kraft, die er braucht in sich trägt,
manchmal vielleicht nur einen Anstoß braucht.
Sich in Selbstmitleid zu baden, sich selber zu
betrauern mag ja eine Weile gut sein aber
irgendwann musst du wieder aufschauen und
nach vorn blicken.

Es ist schwer nur nach vorn zu sehen,
wenn die Vergangenheit dich fest hält...........
doch   es funktioniert, in beide Richtungen zu
sehen und dabei vorwärts zu kommen.
Meinen Weg aus dieser Dunkelheit fand ich
immer wieder, in dem ich meine Gedanken und
Gefühle nieder schrieb.
Nach Wochen oder Monaten, lese ich mir die
Texte immer mal wieder durch und manchmal
kommt es mir so vor, als wäre es eine völlig
andere Person, die diese Texte schrieb.
Daran merke ich dann, dass sich wieder etwas
bei mir verändert hat, dass ich wieder einen
Schritt nach vorn gegangen bin.

Schwangerschaft und Geburt eines Kindes

Meine Mami war heute bei ihrem Arzt
und weiß nun mit Bestimmtheit,
dass sie ein Baby erwartet, nämlich mich.

Ich bin neun Wochen jung,
mein Herz schlägt schon und mein
Nervensystem ist schon voll aus gereift.
Nun müssen meine inneren Organe
nur noch wachsen und voll ausreifen.
Meine Mami muss besonders darauf
achten, dass sie regelmäßig isst.
Wenn sie das nicht tut,
kann ich nicht genug wachsen und
außerdem habe ich auch Hunger.
Meine Mami ist sehr lieb zu mir
und streichelt mir sanft über den Rücken.
Sie weiß natürlich noch nicht,
an welcher Stelle sie mich streichelt
aber ich drehe mich so,
wie ich es am liebsten habe.
Es ist ein wunder bares Gefühl,
gestreichelt zu werden.
Meine Mami liebt mich sehr und freut
sich schon riesig auf mich.
Ich freue mich natürlich auch schon
auf meine Mami aber wir müssen
beide noch geduldig warten.

---------Ende der Schwangerschaft----------

Ich habe ein wenig Angst,
das Licht der Welt zu erblicken.
Bei meiner Mami ist es so schön warm
und weich, ich bin geschützt   und
geborgen aber ich weiß nicht,
was mich erwartet in der neuen Welt.
Ich weiß, ich werde von meinen Eltern
geliebt, meine Mami erzählt mir viel
von meinen Geschwistern und von
meinem Papa.
Ich bin schon ganz gespannt auf alle.
Aber bevor ich in der neuen Welt von
meinem Papa und meinen Geschwistern
begrüßt werden kann,
müssen meine Mami und ich,
noch einen schweren Weg gehen.
In zehn Tagen ist es soweit,
ich fürchte mich so sehr
aber wir müssen diesen Weg gehen.
Ich überlege,
ob ich nicht heute schon den Weg
gehen soll aber ich habe Angst,
ich entschließe mich für morgen,
hoffentlich ist meine Mami auf alles
vorbereitet damit sie mich sicher und
unversehrt zur Welt bringen kann.
Mein Leben liegt in den Händen meiner
Mami und in denen der Ärzte und
Hebammen.
Ich werde mich jetzt auf den Weg
vorbereiten und Kräfte sammeln.

---------Sechs Stunden später---------

Meine Mami merkt,
dass ich mich auf die Geburt vorbereitet
habe und sie ist bereit.
Nun beginnt der Kampf um mein Leben,
ich habe solche Angst, doch es gibt
keinen anderen Weg.
Ich dränge mich immer weiter nach unten,
die Gebärmutter zieht sich immer
wieder zu sammeln, drängt mich in
die andere Welt.
Ich habe Schmerzen,
höre wie meine Mami vor Schmerzen
aufstöhnt.
Der Weg wird immer enger,
immer qualvoller, es ist nicht mehr weit.
Meine Mami schickt ein Stoßgebet
in den Himmel" Oh Gott bitte hilf mir."
Dann plötzlich ein entsetzlich starker
Schmerz an meinem Kopf,
meine Mami schreit auf und es wird
fürchterlich kalt.
Ich möchte schreien,
doch etwas hindert mich daran Luft
zu holen, ich bekomme Angst,
wo ist meine Mami?
Merke, wie mir jemand etwas von
meinem Hals ab macht und das
Fruchtwasser aus meinen Lungen saugt.
Dann endlich, ich kann schreien,
die Schmerzen und Qualen,
der Geburt liegen in meinem Schrei.

Meine Mami ist so glücklich über
diesen Schrei, heißt es doch.....

----------Ich habe es geschafft---------

Meine Mami nimmt mich in den Arm,
ich fühle mich sicher und geborgen.
Sie schaut mich an,
Tränen kullern ihre über die Wangen,
Tränen der liebe und des Glücks.
Sie begrüßt mich mit den Worten:
„Hallo mein Engel ,
willkommen auf dieser Welt."

9. April 1988
Letzte Worte an die Eltern

Liebe Mama, lieber Papa,
ihr habt mir das Leben geschenkt,
du Mama hast mich liebevoll umsorgt,
als ich noch unter deinem Herzen lag.
Du liebtest mich schon,
bevor ich das Licht der Welt erblickte.
Dann als ich auf diese Welt kam,
wurde ich umsorgt und geliebt,
von allen Seiten.
Wir waren glücklich zusammen.

Sechs Monate, durfte ich bei euch sein,
Mama, du hast mir deine Liebe und
Zuwendung geschenkt.
Hast mit mir gekuschelt, gespielt,
vor meinem Bettchen gesessen,
wenn ich krank war.
Hast mir mit meinen Geschwistern,
Geschichten vor gelesen und
Schlaflieder vorgesungen.
Du hast mir alles gegeben,
was Eltern, einem Kind geben können.

Aber nun meine lieben Eltern,
muss ich gehen, ich weiß nicht warum,
aber es soll so sein.
Irgendwann einmal, werden wir uns
wieder sehen aber bis dahin wird
noch viel Zeit vergeht.

Deshalb Mama musst du stark
und tapfer sein,
stark für meinen Bruder und für
meine Schwester, sie brauchen dich.
Und damit du Kraft hast,
für das weitere Leben.

Ich werde bei euch sein,
manchmal wirst du mich und meine Liebe
spüren, denn sie lebt weiter.
Glaube daran,
das wir uns wieder sehen,
in einer andere, schöneren Welt.

Es war schön bei euch zu sein
und eure Liebe zu spüren.

In Liebe
Euer Björn

Meinem lieben Sohn zum Abschied

Ich habe dich geboren,
unter Schmerzen und auch Freud.
Dich behütet und beschützt.
doch konnt ich dir nicht helfen,
in dem Kampf mit dem Tod.
Du bist jetzt in einer anderen,
vielleicht besseren Welt.
Doch für mich bedeutet es
Kummer und Leid.
Es tut so weh,
an deiner Zimmertür zu horchen,
und diese Stille zu hören,
kein Lachen, kein spielen.....
Es tut so weh,
vor deinem leeren Bettchen zu stehen
und zu wissen,
du kommst nie wieder.
Ich möchte schreien doch bleibe ich stumm,
muss stark sein,
für deine Geschwister.
Mein lieber Björn,
ich werde immer im Herzen bei dir sein,
ich werde dich immer lieben,
solange ich lebe.
Bitte helfe mir,
den starken Schmerz zu überwinden,
bitte gib mir die Kraft stark zu sein,
stark für meine Familie.

Mein lieber Junge   Mai 1988

Ich habe Sehnsucht und bin traurig,
weil die Sehnsucht nicht gestillt werden kann.
Du bist so weit fort,
ich weiß nicht wo du bist
und ob wir uns jemals wieder sehen.
Ich möchte dich gern in meine Arme nehmen
und dir sagen, wie lieb ich dich habe
aber ich kann nur hoffen,
das du meine Liebe spürst.
Ich möchte manchmal den gleichen Weg gehen
wie du aber es geht nicht.
Ich kann deine Geschwister und deinen Papa
nicht im Stich lassen,
sie brauchen mich noch.
Meine Sehnsucht ist manchmal so groß,
das ich   verzweifeln und einfach nachgeben
möchte.
Doch ich muss stark sein,
stark für meine Familie.

In Liebe und
Sehnsucht deine Mama

Verloren

Es tut so weh,
ich kann mich nicht wehren,
gegen diesen starken Schmerz.
Er ist zu stark, zu mächtig,
er nimmt mich immer mehr in Besitz.
Es tut so weh, weil uns eine innige Liebe
verbannt.
Diese Liebe lebt noch immer,
sie ist nicht mit dir gestorben.
Sie ist gewachsen an jedem Tag,
in dem du in mir heranwuchst,
an jedem Tag, an dem du bei mir warst.
Meine Liebe ist so tief, so lebendig,
das es schmerzt,
denn ich kann sie dir nicht mehr geben.
Du bist von mir gegangen und mit dir,
ein Teil meines Lebens.
Es herrschen nur noch Trauer und Verzweiflung,
Sehnsucht und Schmerz.

Januar 1989

Ich liege wach,
kann nicht schlafen.
Nehme dein Bild in meine Hände,
frage wieder einmal "warum"?
Warum musstest du gehen?
Du warst noch so klein,
so liebenswert und unschuldig.
Warum hat man dich mir weg
genommen?
Ich sehe dich,
mit deinen braunen Augen
mit deinem süßen Lächeln
und wieder spüre ich,
die brennende Sehnsucht,
diesen dumpfen Schmerz,
die tiefe Trauer,
die manchmal übermächtig wird.
Ich weine um dich,
wenn es niemand sieht,
denn jeder verlangt von mir stark zu sein.

Du warst mein Kind und bist es immer noch.
Ich liebe dich über den Tod hinaus,
frage mich, ist es wirklich falsch?
Ich weiß es nicht, weiß nur,
dass es so ist.

Deine Mami

In meinen Armen

Reglos und still,
liegst du in meinem Arm.
Betäubt von der Fassungslosigkeit,
blicke ich auf dich herab.

Mein Herz im Chaos versunken,
zärtlich streiche ich dir übers Gesicht.

Denke an gestern.........

Sehe den Übermut in deinen Augen glitzern,
höre dein fröhliches Lachen,
dein erster Schritt, ich war so stolz.
Kam er doch so unerwartet früh........

Doch das, das war gestern...........

Heute ist dein Lachen verstummt,
das Glitzern in deinen Augen erloschen,
deine Augen geschlossen für alle Zeit.

Erkenne.........

Nur dein kleiner Körper ist es,
den ich in Armen halte.
Du......
bist längst gegangen, von dieser Welt ....
Mein Herz zerspringt in kleinste Stücke,
meine Seele verbrennt im Schmerz dieser
Erkenntnis,
meine Welt bricht zusammen..........

Was bleibt ist traurige Dunkelheit,
Verzweiflung und Schmerz........

Gestern noch glücklich
und heute der Tod.

7 Oktober 1988

Dein Geburtstag

Ein Jahr ist es her,
da hab ich dich geboren.
Dein Vater und ich waren über glücklich
Als wir deinen ersten Schrei hörten.
Zuhause war schon alles für dich vorbereitet,
denn wir haben voller Sehnsucht auf dich
gewartet.
Du hast dich sehr wohl gefühlt und prächtig
entwickelt.
Wir haben viel zusammen gelacht,
waren glücklich über jeden Tag,
über jeden Ton ,den du von dir gabst   .
Wie wertvoll deine Bewegungen,
dein Lächeln und deine Töne waren,
wussten wir damals noch nicht.
Heute ist dein Geburtstag,
wie gern würde ich ihn mit dir feiern.
Doch wir können nur noch an dich denken,
denn du bist nicht mehr bei uns.
Dein Grab können wir pflegen, aber dich,
dich kann ich nie wieder streicheln,
nie wieder in die Arme schließen,
nie wieder das Lachen in deinen Augen sehen.
Dich nie wieder in den Schlaf singen,
alles was geblieben ist,
ist die Erinnerung und die Liebe,
die Trauer und der Schmerz.

Ohne dich, will ich nicht sein.

Mein Herz blutet,
es tut so fürchterlich weh.

Keine Hoffnung auf Morgen,
keine Hoffnung auf ein Wiedersehen.

Bist gegangen in tief schwarzer Nacht,
ganz leise und still, hat er es voll bracht.

Konnt nicht mal sagen,
leb wohl mein kleiner Engel.

Die Augen geschlossen für alle Zeit,
dein letzter Atemzug,
du warst ganz allein.

Der Tod kam dich holen auf leisen Sohlen,
ohne die geringste Hoffnung auf Wiederkehr.

Meine Seele weint und schreit,
vor Kummer und Pein…..

Ohne dich will ich nicht mehr sein.

Warum ließest du mich hier zurück?

Warum ließest du mich hier zurück,
in dieser kalten, lauten Welt.

Warum muss ich meinen Weg hier weiter gehn,
wenn ich ihn doch nicht mehr   will,
wenn ich fliehen will zu dir?

Woher nehme ich bloß die Kraft,
wenn ich oft, so kurz vorm Scheitern steh?

Warum ist die Welt so grausam und hart,
wo ich doch nur Frieden finden will?

Warum muss ich immer Stärke zeigen,
wenn ich bin doch grad so schwach,
der Verzweiflung schon so nah?

Warum sieht jeder nur mein Lächeln,
wenn die Sehnsucht mich verzehrt,
wenn Tränen in meinen Augen glitzern?

Warum sieht jeder nur meine starke Hülle
und niemand mein zerbrechliches ICH?
Ignorieren es, als wär's nicht da...........

Warum kann ich nicht einfach gehn?????

Sehnsucht

Ich habe Sehnsucht,
Sehnsucht nach dir.

Ich möchte dich in meine Arme schließen,
doch du bist schon lang nicht mehr bei mir.

Ich möchte dir meine Liebe schenken,
doch sie erreicht dich nicht.

Ich möchte dein Lachen hören,
doch es ist für immer verstummt.

Ich möchte dir in deine strahlenden Augen
sehen,
doch sie haben sich für immer geschlossen.

Dich mein Sohn,
habe ich für immer verloren,
doch die Erinnerungen an dich,
werde ich niemals verlieren.

Mein lieber Junge

Ich bin so unruhig, traurig und glücklich
zugleich.
Seit dein Bruder zur Welt kam,
konnte ich nicht immer zu dir kommen.
Auch wenn ich große Sehnsucht habe,
kann ich nicht immer zu dir.
Ich muss auf deinen Bruder aufpassen,
habe Angst,
das ihm etwas passiert, wenn ich nicht genug
Acht gebe.
Er ist dir sehr ähnlich,
in seiner Entwicklung, im Aussehen.
Manchmal bekomme ich es mit der Angst zu tun,
wenn dein Bruder in seinem Bettchen liegt,
so wie ich dich fand.
Es ist alles so erschreckend gleich.
Ich will diese Gleichheiten nicht sehen
oder wahr haben aber manchmal kommt es mir
so vor, als wenn eure Persönlichkeiten,
miteinander verschmelzen.
Meine Erinnerungen, scheinen in deinem Bruder
weiter zu leben.
Ich weiß es ist nicht richtig von mir so zu denken
aber ich kann mich nicht dagegen wehren.
Ich weiß dein Bruder hat ein Recht auf seine
eigene Persönlichkeit und du brauchst deinen
Frieden.
Ich versuche euch nicht immer zu vergleichen.
Habe Angst, das schreckliche Ereignis könnte
sich wieder holen.

Ich bitte dich mein Sohn, denke bitte nicht meine Liebe zu dir ist gemindert.
Meine Liebe zu dir geht über den Tod hinaus und meine Sehnsucht zu dir wird immer stärker.
Bitte Björn, pass gut auf deine Geschwister auf so gut es dir möglich ist.

In Liebe und Sehnsucht

> *Deine Mama*

Auf dem Friedhof

Ruhe stille Einkehr, langsame Schritte
auf dem knirschenden Sandboden.
Ein Grab, sauber gepflegt,
ein Name, ein Junge, 6 Monate alt,
geboren, geliebt, gestorben, begraben.

...................Warum?....................

Ein Gefühl, traurig, hilflos, wehmütig,
verzweifelt,
viele Fragen, unbeantwortet,
nichts ist geblieben,
nur Buchstaben auf dem kühlen Stein
und die Erinnerung an ihr Baby.

September 1989

Es ist Sommer, unser Sohn wurde vor wenigen Wochen geboren.
Unser Großer ist gerade in die Schule gekommen und unsere Tochter besucht den Kindergarten.
Es sollte alles ok sein, ich sollte wieder glücklich sein, doch ich kann mich nicht damit zu Recht finden, dass wieder alles ganz normal sein soll.
Ich fühle mich nicht normal,
wenn meine Kinder schlafen, gehe ich zu ihren Betten, schaue ob es ihnen gut geht.
Unser Jüngster hat einen Überwachungsmonitor, den ich überall mit hin nehme. Ich habe fürchterliche Angst um meine Kinder, wage es nicht sie allein zu lassen und wenn es nur für ein paar Stunden wäre. Nehme sie überall mit hin, zum einen, weil mein Mann immer unterwegs ist und zum anderen, weil ich denke, keiner würde mit einer Sorgfalt wie ich sie habe, auf sie achten.
Ich versuche meine Angst zu verbergen, denn ich weiß, dass es Kinder sehr verunsichert, wenn sie spüren, dass die Mama überängstlich ist.
Ich werde einen Weg finden damit fertig zu werden ………

Dunkelheit

Dunkelheit, wohin ich auch geh,
kann die Sterne nicht mehr sehn.
Bin gefangen in Raum und Zeit.
Wo ist das Licht,
nach dem ich mich sehne?

Wo ist das Licht, was mich zu dir führt?
Kann den Weg allein nicht finden,
viel zu fremd mir deine Welt.

Kann dich hören,
willst mich trösten, flüsterst leis:
Du bist doch nicht allein,
bist noch nichts für diese Welt,
deine Bestimmung ist ne andre........

Kann dich fühlen,
doch meine Arme bleiben kalt und leer.

Mein Herz ist gefangen, in Trauer und Schmerz.
Meine Seele friert, droht zu ertrinken,
in Kummer und Pein.
Eisige Meere eröffnen sich,
schließen sie ein, für allzu lange Zeit.

Welche Wege muss ich noch gehn ,
bis wir uns endlich wieder sehn??

Tränen die niemals jemand sieht....

Aufgewacht aus meinem Traum.....
Schaue in die Nacht,
Sommerwärme hüllt mich ein,
Sternen klar, der Himmel über mir.
Kein Laut ist zu hören,
umso lauter schreit die Einsamkeit in mir.

Tränen schwer ist mein Gemüt,
Schmerzen in meiner Brust
oder ist es mein Herz,
was da so gegen meine Rippen klopft?
Die Sehnsucht so unendlich groß,
habe geträumt wie lang schon nicht mehr.
Gepeinigt von Trauer und Schmerz,
von der Hilflosigkeit und der Verzweiflung von
einst.

Die Seele hin und her gerissen zwischen Leben
und Tod,
will sich ergeben in Kummer und Leid,
gehen an einen Ort, wo ihr Engelchen wohnt.

Doch ist sie zu stark um einfach zu gehn,
bekämpft diesen Wunsch einfach hinüber zu
gehn.

Kämpft mit der Hoffnung auf ein glückliches
Morgen.
Doch diese Nacht ist erfüllt mit Tränen,
mit Tränen, die niemals jemand sieht.

Ich sehne mich nach dir

Ich sehne mich nach dir und weiß,
ich kann dich niemals mehr sehn.
Meine Gedanken sind und werden,
jede Minute meines Lebens bei dir sein.

Aber was nützt es?
Ich weiß nicht einmal ob du es spürst,
wo immer du auch bist.
Ich denke oft, wie es wäre,
wenn du noch bei mir wärst
aber diese Gedanken tun mir weh.
Der Schmerz, mit dem ich gelernt habe zu leben,
wird dann so stark, so übermächtig.
Es fühlt sich dann an, als wenn meine Seele
und mein Herz zerreißen würden.

Es ist bald sieben Jahre her,
das du von mir gingst
aber ich kann es immer noch nicht verwinden.
Ich empfinde immer noch die gleiche
Hilflosigkeit,
ich verstehe es immer noch nicht
und werde es wohl auch niemals verstehen.
Ich spüre immer noch die gleiche Liebe und es
quält mich,
sie dir nicht geben zu können.

Was soll ich nur tun?

Es ist fast fünf Jahre her
und die Sehnsucht nach dir,
ist immer noch da.

Manchmal träume ich von dir,
wie ich dich in meinen Armen hielt
und du mich so liebevoll an gelächelt hast.
Ich kann oft nicht zu deinem Bettchen kommen,
so wie früher, das macht mich sehr traurig.
So bleiben mir nur deine Bilder
und die Erinnerung.

Wenn die Sehnsucht zu groß wird,
zünde ich zu Hause eine Kerze für dich an.
Ich fühle mich dir dann ganz nah,
werde etwas ruhiger.

Manchmal bin ich dir so unendlich nah,
das ich glaube,
dich in die Arme nehmen zu können.
Diese Momente sind selten,
doch sie machen mich glücklich,
denn ich weiß, du bist bei mir.
Bin glücklich darüber,
das du meine Liebe und Sehnsucht zu spüren
scheinst.

Ach was soll ich bloß tun...............
Die Zeit ist noch so lang, bis wir uns einmal
wieder sehen.

Am liebsten würde ich sofort zu dir gehen
aber da sind noch deine Geschwister,
die ich genauso liebe.
Ich kann sie nicht allein lassen.

In Liebe und Sehnsucht
deine Mama

Trauer und Schmerz ,
schnür´n die Kehle mir zu.

Seh dich im Licht,
du bist mir so fern.

Seh deine Augen,
sie lächeln mich   an.

Seh deine Hände,
will sie ergreifen,
doch komm ich nicht ran.

Spüre die Liebe,
die tief in mir lebt.

Träume von dir,
als wär es noch wahr.

Tränen auf meinem Gesicht,
sie sprechen für sich.

Seelenschmerz

Sie zieht sich zurück,
in den Schatten hinein.
Fühlt sich einsam und leer.

Die Sehnsucht sie brennt,
im Herzen tief drin.

Traurige Gedanken in ihrem Geist,
zärtliche Erinnerungen,
Tränen auf ihrem Gesicht.

Spürt und sieht doch jeder ihre Kraft,
denken, sie braucht mich nicht,
sie wird ´s schon schaffen.

Niemand sieht ihren Kampf
und ahnt auch nicht,
wie lang er noch dauert.

Das Lächeln auf ihrem Gesicht,
ihre Lebensfreude, ihre Kraft,
das ist das, was fröhlich macht.

Ihren Kummer, ihren Schmerz
träg sie stets allein.

Wird es jemals anders sein?

Fünf Jahre später............

*In den letzten fünf Jahren hat sich einiges
ereignet, so dass ich immer mit etwas anderem
beschäftigt war und mich nicht mit den
schmerzlichen Gedanken und Empfindungen
auseinander setzen musste.*
*Ich habe sie einfach bei Seite geschoben, gute
Verdrängungstaktik würde ich sagen.*
*15 Monate nach dem Björn verstarb, haben wir
ein weiteres Kind bekommen. Er wurde im
Schlaf von einem Monitor überwacht.*
*In den ersten Wochen, habe ich immer das
Gefühl von Panik und Angst empfunden, wenn
der Alarm losging. Ich wusste nie, ob ich das
erlernte Wissen (Säuglingswiederbelebung)auch
in einer Ernstsituation anwenden konnte.*
*Zum Glück habe ich es nicht heraus finden
müssen. Irgendwann entwickelte ich eine
gewisse Gelassenheit diesen Dingen gegenüber
die mir so manche Situation erleichterte und
doch blieb immer die Angst, das ihm etwas
passieren könnte. Er war mein Sorgenkind,
er hätte fast die Geburt nicht überlebt. Nur das
schnelle Eingreifen der Kinderärzte war es zu
verdanken, dass er es schaffte. Mir kam oft der
Gedanke:" So wie Björn die Welt verließ,
so betrat Jens die selbige" ......*
*Er war sehr häufig krank, seine Lunge war sehr
empfindlich aber auch daran gewöhnte ich mich
und reagierte dem entsprechend schnell. Sowie
auch bei meinen beiden älteren Kindern. Ich war
nicht unbedingt übervorsichtig aber ich*

beobachtete mehr, nahm Veränderungen wahr, bevor sie akut wurden. Wollte alles über die Erkrankungen meiner Kinder wissen, so dass ich mir auch ein gewisses Wissen in Sachen Medizin aneignete. Ich lernte aus meinen Erfahrungen.

Als mein jüngstes Kind zweieinhalb Jahre alt war, verließ mich mein Mann und zog mit einer anderen Frau zusammen.

Die ganzen Umstände der Trennung und der Scheidung, gaben mir einen erneuten Anlass nicht an den Schmerz und die Trauer zu denken, ich schob es wieder vor mich her   …...

Erst war ich zu sehr damit beschäftigt, mich selbst zu bemitleiden(was jedem ja auch zu steht, zumindest eine kleine Weile….*schmunzel*) und dann damit, mein neues Leben auf zu bauen.

Ich spürte die Trauer Tag für Tag, den Schmerz gut versteckt …….Sie waren einfach zu einem Teil meines Lebens geworden, den ich mit mir herum trug ohne das es jemand sah.

Und doch ging ich mit einem Lächeln durchs Leben!!

Zufrieden mit dem was ich hatte…….

Ich lernte Dinge zu schätzen, die ich vorher als selbst verständlich hinnahm. Ein schöner Sommertag, das Lachen meiner Kinder, ein Lächeln, ein nettes Wort, sich die Zeit zu nehmen, für einen Menschen der sie gerade brauchte, ich wurde für mein damaliges Umfeld unberechenbarer.

Es war Verlass auf mich, keine Frage aber ich

*verspätete mich auch schon mal, wenn ich sah
der Mensch mit dem ich gerade zu tun hatte,
braucht meine Aufmerksamkeit.
Zu dem Zeitpunkt der Trennung, lernte ich eine
Familie näher kennen,
durch die ich eine ganze Menge grundlegender
Dinge lernte. Es hatte nichts Direktes mit der
Trauerverarbeitung zu tun aber die
Bekanntschaft mit dieser Familie veränderte
mich und meine Sicht der Dinge. Sie gaben mir
das Gefühl einer Freundschaft die ich so noch
nie kennen gelernt hatte. Sie luden mich zum
Weihnachtsessen und anderen Familienfesten
ein, halfen mir, wann immer ich darum bat.
Ich war jeder Zeit willkommen, lernte wieder zu
vertrauen. Mit der Zeit, erzählte ich von Björn
und was geschehen war. Welchen Schmerz ich
immer noch empfinde. Gelegentlich sprachen wir
dann mal über Björn aber sie akzeptierten, dass
ich keinen tieferen Einblick in meine Seele gab.
Wenn sie zu Besuch kamen und eine bestimmte
Kerze brannte, wussten sie, was mit mir los war.
Sie fragten nicht und akzeptierten, dass ich nicht
darüber sprach. Denn soweit war ich noch nicht,
dass ich mich in einer Phase des Schmerzes
jemanden öffnen konnte.
Auch wenn ich ihnen vertraute,
so behielt ich doch einige Erlebnisse meines
Lebens für mich.
Ich lernte meinen Fähigkeiten neu zu vertrauen.
Es gab bei mir früher immer nur zwei Seiten eine
Sache, entweder die Richtige oder die Falsche
…die vielen Fassetten die dazwischen liegen,*

sah ich einfach nicht. Ich war sehr konservativ eingestellt, meine Schwestern nannten mich immer spießig, womit sie wahrscheinlich recht hatten. Machte mir Gedanken, was andere Menschen über mich dachten, wie ich wohl auf andere wirke, versuchte der Norm zu entsprechen, allem und jedem gerecht zu werden. Doch dieses Verhalten, legte ich immer mehr ab. Ich merkte, dass bin nicht ich. Ich wollte nicht nach der Vorstellung anderer Menschen leben. Irgendwann, ich weiß nicht mal genau wann, machte ich mich auf die Suche nach meinem eigenen Weg, nach meinen eigenen Vorstellungen meines Lebens.

Ich lernte, dass ich gewisse Dinge einfach hinnehmen muss, weil ich sie ja doch nicht ändern kann. Jeder Mensch hat ein Recht glücklich zu sein, doch das glücklich sein, sieht für jeden Menschen anders aus, gerade weil jeder Mensch sein eigenes Schicksal hat.

Aber auch die eigene Sicht der Dinge trägt zum glücklich sein bei. Jeder hat es selbst in der Hand, was er aus seinem Leben macht. Manchmal sind die Begleitumstände nicht die Besten aber man kann das Beste daraus machen.

Dieses positive Lebensgefühl was ich irgendwann entwickelte, trotz oder gerade wegen meiner nicht geraden schönen Vergangenheit, wollte ich nie wieder loslassen. Ich fing an im Negativen nach dem Positiven zu suchen und zu meinem eigenen Erstaunen, fand ich es dann auch.

Mit den Jahren, lebte ich jeden Tag bewusster. Gelegenheiten, die sich mir boten, um Dinge zu tun, die mir Spaß machten oder ich etwas mit meinen Kindern unternehmen konnte, nutzte ich auch wenn dafür anderes unerledigt blieb. Dieses erledigte ich dann eben später.

Ich spreche immer noch nicht über den Schmerz und die tiefe Trauer die ich noch immer empfinde. Ich bin einfach nicht in der Lage, diesen Schmerz zuzulassen oder damit umzugehen. Also wie sollte ich dann mit anderen darüber reden können.
Mit meiner Familie habe ich kein Kontakt und selbst wenn ich den hätte, würde ich meine Schwestern nicht damit belasten. Zu meiner Mutter habe ich keinen Bezug und mit dem Rest der Verwandtschaft geht es mir genauso. Mein Vater wäre die einzige Person, mit der ich hätte reden können, ich weiß nicht warum, auch ihn habe ich sehr lange nicht gesehen oder gesprochen, doch bei ihm spüre ich die alte Vertrautheit. Leider ist er nicht für mich da.

Der Besuch auf dem Friedhof gehört zu meinem Alltag, ich gehe zwar nicht mehr so oft dort hin, da wir weiter weg gezogen sind und ich kein Auto besitze. Wir unternehmen Radtouren dort hin, die Strecke ist schön und wir haben ein Ziel. Auf dem Rückweg machen wir oft am Rhein Rast, die Kinder gehen runter zum Ufer, ich hänge meinen Gedanken nach und beobachte sie.

*Mein ältester Sohn spricht nur sehr selten über
seinen Bruder und meine Tochter, erzählt ihrem
jüngeren Bruder von Björn.
Björn, gehört immer noch zu unserem Leben und
ich bin froh, dass meine Kinder so „normal" mit
dieser Situation umgehen.
Meine Tochter hat oft die Tränen in den Augen
und ich weiß, sie denkt an Björn.
Es tut mir in der Seele weh, denn ich weiß, auch
sie versucht stark zu sein und schluckt die
Tränen runter. Ich sitze abends oft allein in
meinem Wohnzimmer, völlig im Dunkeln und
hänge meinen Gedanken nach, tauche ein in
eine unendliche Dunkelheit.
Manchmal, erzittert mein Körper vom
Schluchzen.
Manchmal, sitze ich aber einfach nur da und
weine still in mich hinein.
Stelle mir immer und immer wieder die Frage
nach dem WARUM.
Heute ist wieder so eine Nacht, in der ich keine
Ruhe finden werde............
Ich sitze in meinem Wohnzimmer, halte sein
Bild in den Händen,
meine Augen füllen sich mit Tränen.
Lasse mich fallen,
fallen in diese unendliche Dunkelheit.
Ich fürchte mich vor dem, was mich ergreift....
Denn ich weiß, ich bin allein, niemand wird da
sein, um mich aufzufangen, wenn ich versinke,
in meiner grenzenlosen Traurigkeit, in diesen
unbändigen Schmerz, der mir fast die Seele
zerreißt und mein Herz bluten lässt.*

Es ist der Gedanke an meine anderen Kinder,
der mich immer wieder auftauchen lässt,
mich raus holt, aus dieser tiefen Dunkelheit.

Das Leben geht weiter, was nützt es, wenn ich
mich vergrabe in Kummer und Schmerz,
davon wird mein Sohn nicht wieder lebendig.
Ich nehme Stift und Papier zur Hand und
schreibe meine Gedanken nieder,
das ist für mich, ein kleiner Schritt in die richtige
Richtung.
Denn wie schon gesagt, ich will dieses positive
Lebensgefühl nie wieder verlieren, nach dem ich
es doch vor nicht allzu langer Zeit erst gefunden
habe.

Mein Engel

Ich sehne mich danach,
dich in den Armen zu halten,
dich zu streicheln,
dein süßes Lachen zu hören,
das Glitzern in deinen Augen,
die Freude auf deinem Gesicht,
wenn du mich siehst.

Doch all mein Sehnen ist vergebens,
denn du bist in einer Welt,
die ich noch nicht betreten kann.

An manchen Tagen,
spüre ich deine Anwesenheit
und bin glücklich über diesen einen kleinen
Moment.

Du warst lang nicht mehr bei mir,
oder ich habe deine Anwesenheit
einfach nicht wahrgenommen.
Vielleicht hast du auch einfach gespürt,
das ich Trost brauchte
und du hast ihn mir geschenkt;

Ich danke dir dafür...........

Viele Dinge geschehen und vergehen,
doch unsere Verbundenheit und meine Liebe,
werden nie vergehen,
sie wird auf ewig dein sein.

Ich lebe allein mit meinen Kindern,
schon seit einigen Jahren.
Meine Trauer, meinen Schmerz,
ich würde ihn gern teilen.
Doch mit wem könnte ich reden über die Nächte,
in denen ich mit tränennassen Wangen erwache,
mich nur wage erinnere, an meinen Traum.
Wem könnte ich erzählen,
von meiner Einsamkeit und Leere in meinem
Herzen, die ich so oft spüre.
Viele sagen:" Du hast doch deine Kinder".
Sie haben Recht, sicher habe ich meine Kinder,
doch sie können mir diese Einsamkeit nicht
nehmen. Es ist eine Einsamkeit der
„Erwachsenen „.Ich sehne mich nach einem
Menschen, an den ich mich mal anlehnen,
mich einfach fallen lassen kann.
Bei dem ich meinen Schmerz heraus lassen
kann, ohne das Gefühl zu haben, ich überfordere
ihn damit.
Doch es ist niemand da, der meine Not versteht.
Und je größer die Einsamkeit und Leere sich
ausbreitet, desto mehr spüre ich, dass der
Schmerz immer mehr Besitz von mir ergreift,
mich beherrscht.
Will mich ergeben in diesem ständigen Kampf,
endlich zur Ruhe kommen.
Aber wie kann ich das, wenn ich nicht weiß, wie
es endet. Ich muss für meine Kinder da sein zu
hundert Prozent.
Kann es nicht riskieren, zu groß ist die Angst,
ich könnte mich verlieren………...

Morgen ist es sieben Jahre her,
als du von mir gingst.
Ich fühle immer noch den Schmerz und die
Trauer in mir.
Sie sind erträglicher geworden,
weil ich gelernt habe mit ihnen zu leben
und sie zu akzeptieren.
Doch die Sehnsucht –
Wie lerne ich mit der Sehnsucht zu leben,
ohne das sie mich verbrennt?
Mit deinem Tod ist eine Sehnsucht geboren,
die niemals gestillt werden kann.
Ich spüre die tiefe innige Liebe,
die uns verband und es schmerzt.
Diese Sehnsucht und das Wissen,
dich nie wieder in den Armen zu halten
tut so verdammt weh.
Manchmal glaube ich, es nicht mehr aus halten
zu können,
dann sehe ich deine Geschwister und bin
dankbar dafür, dass ich sie habe und sie
gesund sind.
Doch die Liebe und die Sehnsucht nach dir
werden ewig bleiben,
denn sie sind so sehr ein Teil von mir,
wie du einst von mir.

Mein lieber Junge

Wenn ich ein Baby mit braunen Augen sehe,
sehe ich das Lächeln in deinen Augen vor mir.
Ich sehe mir deine Bilder an und meine Augen
füllen sich mit Tränen.
Ich frage mich manchmal,
ob der Schmerz und die Sehnsucht jemals
schwächer werden.
Ich fühle im Moment eine tiefe Trauer in mir
und spüre, du bist bei mir.
Ich freue mich darüber, rede in Gedanken mit
dir.
Wenn niemand da ist, spreche ich laut mit dir.
Ich weiß nicht, ob du mich hörst, ob du mich
vielleicht trösten möchtest in meiner Einsamkeit.
Ob du mich vielleicht vor etwas warnen möchtest
…
Ich weiß es nicht….
Ich weiß nur, dass du seit ein paar Tagen immer
wieder bei mir bist und ich freue mich darüber,
weil du mir näher bist als sonst.

In Liebe und Sehnsucht
                    Deine Mama

Ich stehe vor dem Grab meines Sohnes,
unterhalte mich mit der Mutter, des daneben
liegenden Kindes.
Wir kennen uns schon ein paar Jahre, treffen
uns hin und wieder mal an dieser Stelle.
Tauschen unsere Erlebnisse, unsere Ängste aus.
Erzählen, was es denn so neues gibt in unserem
Leben. Wir erkennen, dass es viele Parallelen
gibt, in Sachen Partnerschaft und Trauer. Auch
sie ist mit dem Vater des Kindes nicht mehr
zusammen, weil sie keinen Weg fanden
gemeinsam zu trauern. Ich weiß nicht ob es
generell so ist, dass Männer schneller mit dem
Tod ihres Kindes zu kommen und die Trauer der
Frau nicht mehr ertragen und somit die
Beziehung langsam aber unaufhaltsam in die
Brüche geht. Im nach hinein sehe ich, dass es
sehr wichtig ist, seine Trauer dem Partner mit
zuteilen, egal ob man meint, das man ihn damit
noch mehr belastet. Ich denke, das ist falsche
Rücksichtnahme, man sollte einen gemeinsamen
Weg finden oder respektieren dass der andere
allein damit zu kommen will.
Wenn man das nicht kann, fühlt der Partner sich
unweigerlich missverstanden oder völlig
unverstanden.
Mit dieser Frau kann ich offen über meine
Trauer, meinen Schmerz sprechen,
ich weiß sie hat denselben Alptraum erlebt und
kann verstehen was ich fühle. Es tut mir gut, all
diese Dinge auch mal los zu werden und sie
auch mal von anderer Seite zu hören. Es gibt mir
das Gefühl, doch nicht so anders zu sein.

Das es nicht falsch ist immer noch zu trauern.
Nach dem sie gegangen ist, wende ich mich
meinem Sohn zu, befreie sein „Bettchen "von all
den vielen Blättern. Erzähle ihm, was ich mir als
Winterbepflanzung gedacht habe. Rede einfach
weiter, irgendwann setz sich ein kleiner Vogel
auf sein Grabstein und beobachtet mich
neugierig und ohne Scheu. Schaue ihn an, fange
an mit ihm zu sprechen und muss über mich
selbst lächeln. Nach einer Weile schaue ich mich
um, irgendetwas hat sich verändert, es ist so
still, so friedlich, so als würde die Zeit still
stehen. Schaue meinen Sohn an,
sehe Tränen auf seinem Gesicht   ….
Doch nein, es sind keine Tränen, es ist der Regen
der langsam auf seinen Grabstein fällt.
Mein Herz klopft zum zerspringen, langsam aus
meinem tiefsten Innern klettert er empor, der
Schmerz, der eine ganze Weile schwieg,
macht sich breit, will schreien in die Welt
hinein……
Der kleine Vogel fliegt erschreckt davon ‚so als
spüre er die dunkle Macht,
die dieser Schmerz noch immer hat.
Schaue dem Himmel entgegen, meine Tränen
treffen sich mit dem Regen.
Bin gefangen in diesem Moment,
kämpfe um eine klare Sicht,
kämpfe, das die Dunkelheit nicht siegt …………
Einige Zeit später, gehe ich durchs Friedhofstor
hinaus, tieftraurig und doch mit einem Licht in
meinem Herzen und einem Lächeln auf meinem
Gesicht……

Wieder nur ein Traum

Du schaust mich an.
du lächelst und deine braunen Augen,
fangen an zu leuchten.
Du hältst mir deine kleinen Ärmchen entgegen,
damit ich dich in meine Arme schließen kann.
Ich strecke meine Arme aus
und greife ins Leere.
Ich erwache und denke,
es war wieder nur ein Traum.
Während ich dieses denke,
spüre ich Tränen über meine Wangen kullern,
denn ich weiß,
dieser Traum wird niemals Wirklichkeit.

Sehnsucht die nie vergeht

Ich höre deine Stimme,
du rufst nach mir,
du lachst,
so als wolltest du mich locken.
Ich blicke dem Himmel entgegen,
rufe in Gedanken deinen Namen.
Durch die Tränen hindurch
erblicke ich dein Gesicht zwischen den Wolken
Es ist das Bild meiner Sehnsüchte,
einer Sehnsucht, die nie vergeht.

Meine Schwester lebt seit mehreren
Wochen mit ihren Kindern bei mir. Ihr Jüngster
Sohn ist gerade sechs Monate alt, also immer
noch in der Zeit, wo er am plötzlichen Kindstod
sterben könnte. Er hat Schwierigkeiten mit der
Atmung, war deshalb schon mehrere Male beim
Arzt und im Krankenhaus.
Ich glaube, ich mache mir mehr Gedanken als
meine Schwester, hoffe jeden Morgen, dass sie
ihren Sohn lebend aus dem Bettchen holt.
Ich hätte nicht gedacht, dass es für mich noch so
schwierig ist, damit um zu gehen,
besonders, da es nicht mein Kind ist. Er hat
nämlich kein Überwachungsgerät, was uns
warnen könnte, wenn etwas nicht stimmt.
Wenn wir uns über meine Befürchtungen
unterhalten, kommt der Spruch." Es wird schon
nichts passieren". Mir fällt ein, das ich früher
einmal genauso dachte…es kommt mir so
verdammt lang vor, das ich so unbeschwert,
so sorglos war ….
Ich beneide sie manchmal für diese
Sorglosigkeit, die mir vollends abhanden
gekommen ist.
Bevor eine Situation bei meinen Kindern
überhaupt erst eintritt, habe ich in Gedanken
schon durchdacht, was alles passieren kann,
wie hoch das Risiko ist, das es passiert und in
wie weit ich meinen Kindern diese
entsprechende Situation zutrauen kann.
Meine Kinder wissen nicht, dass ich so denke,
sie bekommen nur die Resultate aus meinen

Überlegungen zu hören. Ich bin nicht überängstlich oder halte sie mit aller Macht bei mir. Im Gegenteil, ich möchte das sie selbst ständig denken und handeln können, wenn es von ihnen gefordert wird. Genauso halte ich sie auch nicht von allem fern, was schlecht ist.

Ich denke Aufklärung und Ehrlichkeit nützt der kindlichen Entwicklung mehr, als alles von ihnen fern zu halten, was ihnen schaden könnte. Obwohl ich ihnen das Erlebnis mit Björn gerne erspart hätte!! Und wieder denke ich an Björn, die Trauer macht mir wieder mehr zu schaffen, alles steigt wieder in mir auf. Ich weiß, dass ich diese Gefühle endlich zulassen sollte, doch ich fürchte mich so sehr davor, dass ich aus der Dunkelheit nicht mehr heraus komme, dass ich die Kontrolle verliere.

Wenn ich meinen Neffen auf dem Arm halte und er mich mit seinen braunen Augen ansieht, ich sein Vertrauen und den Schalk darin entdecke, steigt die Erinnerung in mir hoch.

Ich sehe nicht mehr nur Björns Tod vor mir sondert sein Lächeln, ich erinnere mich an das Glücksgefühl, was ich empfand, wenn er mich anlachte. An das Gefühl der Zärtlichkeit, wenn ich ihn in seinem Bettchen beim Schlafen beobachtete. Es sind wunderschöne Erinnerungen, doch genau das, macht meine Traurigkeit grenzenlos. Mein Lachen verstummt, mein Lächeln schleicht sich nur manchmal auf meine Lippen, es umgibt mich ein Hauch von Wehmut....

Und immer wieder ist es eines meiner Kinder die

mich aus dieser Wehmut heraus holen.
Es reicht schon, wenn einer von ihnen mich
anspricht oder ich ihr fröhliches Lachen höre.
Ich spüre dann nicht die „vergangene"
Zärtlichkeit und Liebe sondern die, die ich heute
empfinde ....
Ich versuche mir immer einzureden, dass man
die Vergangenheit ruhen lassen soll, doch ich
weiß auch, dass ich das noch nicht kann, da ich
mich mit meiner Trauerbewältigung noch nicht
so wirklich auseinander gesetzt habe. Es ist wie
ein Kreislauf, das eine geht ohne dem anderen
nicht. Mein Weg sind kleine Schritte,
hin und wieder mal............
Mir hilft es, meine Gedanken auf zu schreiben,
zumindest in der jeweiligen Situation.
Solange meine Schwester bei mir wohnt,
geht alles sowieso nicht seinen gewohnten
Gang.
Auch mit ihr kann ich nicht über diesen Schmerz
sprechen, sie braucht mich als starke Person im
Hintergrund, also werde ich es sein....

Schlaflos

Es ist Nacht, ich kann nicht schlafen,
mein Herz schreit nach dir,
ruft deinen Namen.
Du bist so weit fort,
ich weiß, ich muss Geduld haben
und stark sein.
Es wird noch eine Weile dauern,
bis wir uns wieder sehen.
Doch in Momenten wie diesen,
fühle ich mich schwach
und unendlich einsam.
Ich höre leise Musik,
schließe meine Augen.
Meine Seele macht sich frei,
taucht ein,
in eine andere Welt,
auf der Suche nach dir.

Verzweifelt

Regentropfen auf meinem Gesicht,
oder sind es Tränen, ich weiß es nicht.....
Eisiger Wind, ich spüre ihn kaum;
Der Sturm zerrt an mir,
als wollt er mir sagen:
Du bist nicht von hier,
gehörst hier nicht hin,
deine Zeit sie ist noch fern,
deine Bestimmung ist ne andere,
steh endlich auf und kämpfe............

Doch meine Kräfte, sind längst versiegt,
will nur gehen zu meinem kleinen Stern...............

Du warst meine Sonne,
mein Lächeln am Morgen,
mein Stern in der Nacht..........
Bist gegangen, in tief schwarzer Nacht.

Eisregen fiel, bedeckte die Welt,
so wie mein Herz, hüllte es ein.
Erfroren in der Einsamkeit der Nacht,
versunken in Trauer und Schmerz,
verloren in der Leere des Raums...

Schau dem tobenden Himmel entgegen,
frage nach dem Sinn, nach dem Warum.......
Verzweiflung, Hoffnungslosigkeit,
unbändiger Schmerz,
beherrschen meine Sinne.

Schreie in die Nacht,
falle schluchzend zu Boden
und bitte.......

.............Lasst mich doch endlich geht.............

Gedanken in der Nacht

Ich stehe am Fenster,
Regen prasselt gegen die Scheibe.
Schaue in die Nacht, draußen tobt der Wind,
ich fühle mich seltsam, wehmütig und traurig.
Höre Musik,
sie verstärkt meine Stimmung noch.
Denke an dich,
frage wieder einmal warum
und wieder bekomme ich keine Antwort.
Warum ist das Leben nur so ungerecht?
Ich musste immer kämpfen,
für das was ich haben und erreichen wollte.
Für was ?
Nur um es irgendwann wieder zu verlieren.
Ich habe um meine Kinder gekämpft,
als man sie mir weg nehmen wollte
und ich habe gesiegt.
Doch bei dir hatte ich keine Chance zu kämpfen,
der Tod war schneller.

Sonnenstrahlen auf meinem Gesicht,
*der Wind weht durch mein Haar, ich fühle mich
in diesem Moment glücklich und zufrieden.
Liege auf meiner Decke an den Ufern des
Rheins, sehe meinen Kindern beim Spielen zu.
Ihr Lachen und ihre Ausgelassenheit, bringen
mich zum Lachen. Überlege, wann ich mich das
letzte Mal so glücklich gefühlt habe.
Es ist sehr lange her …
Meine Gedanken schweifen in die Ferne,
in eine andere glückliche Zeit…………
Heute fällt es mir nicht schwer, ohne Tränen an
Björn zu denken .Erinnere mich an die Zeit mit
ihm und der Gedanke, zaubert ein Lächeln auf
mein Gesicht. Diese Momente sind selten und
meist dauern sie nur kurz an aber ich bin auf
dem richtigen Weg, nicht nur den Verlust und die
Trauer zu sehen………………*

Erinnerungen an dich

Ich hielt dich in meinen Armen,
dein Lächeln erwärmte mein Herz,
ich schenkte dir meine Liebe
und bekam so viel Glück zurück.

Gestern warst du noch bei mir,
heute bist du unwiederbringlich fort.
Ich begreife heute noch nicht,
wie das Schicksal so grausam sein kann.

Es hat dich mir entrissen,
der Schmerz und die Sehnsucht,
sie lassen mich nie wieder los.

Ich spüre die Liebe noch immer,
obwohl du schon acht Jahre fort bist.!!

10 Jahre später ....
es wird leichter, den Schmerz zu ertragen

Immer wenn ich vom Friedhof komme,
hängt eine gewisse Wehmut,
eine Schwere über mir.
Um sie los zu werden,
fahre ich zu den Ufern des Rheins,
es ist nur ein kleiner Umweg,
den ich gern in Kauf nehme.
Sitze auf einem großen Stein,
der Wind streift durch meine Haare.
Ich liebe dieses Gefühl der unendlichen Ruhe,
hänge meinen Gedanken nach, verweile in stiller
Trauer.
Der Schmerz von einst,
ist erträglicher geworden, ich habe mich an die
Wunde in meinem Herzen gewöhnt, lebe schon
so lange mit ihr.
Weiß, es wird sie immer geben,
habe akzeptiert, dass es nun einmal so ist.
Die Verzweiflung und Hilflosigkeit von einst,
sind mit den Jahren verschwunden,
haben sich aufgelöst in stiller Akzeptanz.
Ich liebe mein Leben so wie es ist,
schaue nach vorn, selten zurück.
Nur mein kleiner Engel ist es,
der mich begleitet zu jeder Zeit.

Zuhause warten meine Kinder
und mein Mann auf mich, meine jüngste Tochter
(drei Monate jung)habe ich bei mir.
Auch sie hat einen Überwachungsmonitor und
da ich weiß, dass mein Mann in einem Notfall,
keine Wiederbelebung vornehmen kann, nehme
ich sie überall mit hin. Ich dachte immer, ich gehe
mittlerweile gelassener mit der Situation um
aber wie tief die Angst tatsächlich in mir sitzt,
habe ich vor wenigen Tagen zu spüren
bekommen.
Meine Tochter hat einen Monitor mit drei
Elektroden die auf die Brust und auf den Bauch
geklebt werden. Ab einem gewissen Alter, muss
die „Bauchelektrode" versetzt werden, da sich
die Atmung der Säuglinge verändert.
Das erfuhr ich allerdings erst, nach einer
durchwachten Nacht.
Meine Tochter schlief und das Gerät gab ständig
Fehlalarm. Ich war völlig verzweifelt,
versuchte alles Mögliche,
habe die Elektroden ausgetauscht, die Haut
meiner Tochter trocken gerieben, weil ich dachte
sie schwitzt vielleicht zu sehr. Nichts half …
Ich fürchtete mich so sehr, meine Tochter ohne
dieses Gerät schlafen zu lassen, dass ich sie die
ganze Nacht in meinen Armen hielt und ihren
Schlaf bewachte. Ich rief morgens den Vertreter
an, der uns das Gerät damals ins Krankenhaus
brachte. Eine Stunde später war er bei uns. Er
erklärte mir, dass die Elektroden manchmal
anders angelegt werden müssen und sich die
Atmung der Kinder verändert.

Als ich ihm erzählte, dass ich vor lauter Angst, die ganze Nacht den Schlaf meiner Tochter bewacht habe, bot er an, dass ich ihn auch nachts anrufen könnte, wenn noch mal Probleme auftauchen würden. Denn dieses Problem hätten wir ganz schnell am Telefon lösen können.

Zur Sicherheit ließ er uns ein Ersatzgerät da, falls mal technische Probleme auftauchen würden.

Ich war diesem Mann für sein Verständnis sehr dankbar. Denn ich kam mir ziemlich blöd vor, dass ich nicht selbst auf die Idee kam, die Elektroden zu versetzen. Wäre ich nicht selbst in der Situation gewesen, sondern hätte mir jemand dieses Problem geschildert und um Rat gefragt, hätte ich ohne Zweifel die Lösung gefunden. Aber ich war so blind vor Angst und Sorge, dass ich das nahe liegenste einfach nicht sah.

Diese Situation ließ mich wieder die Angst und Hilflosigkeit von einst spüren. Ich erkannte, dass ich längst nicht so gelassen bin, wie ich es gern wäre.

Meine Unbeschwertheit bezüglich meiner Kinder, ist mir für immer verloren gegangen.

Ich würde am liebsten jede Situation kontrollieren, damit ich gegeben Falls eingreifen kann. Weiß allerdings auch, dass das nicht geht. Also beobachte ich sie sehr genau, weiß wenn ihnen etwas fehlt, wenn sie krank werden …...

Versuche sie los zu lassen (ihrem Alter entsprechend) aber es fällt mir doch, gelegentlich sehr schwer.

Anderer Seitz, wo mir die Unbeschwertheit abhanden gekommen ist, habe ich sie in anderen Bereichen da zu gewonnen.
Situationen, die mich früher nervten oder ärgerten, weil sie nicht in mein Bild passten, sehe ich heute völlig gelassen.
Warum soll ich mich über etwas aufregen, was ich eh nicht ändern kann? Und wenn ich es ändern kann, brauche ich mich nicht aufregen sondern ändere es, ohne mich groß dazu zu äußern.
Manche sehen mich als einen Menschen, den es nicht interessiert, was so vor sich geht, doch in wie weit ich mich einbringe oder nicht, entscheide ich selbst und mache es nicht von den Meinungen Anderer abhängig. Ich denke, sie verstehen meine Einstellung nicht und oft sind es dann solche Menschen, die ihr Leid(Meist sind es Dinge, die sich sehr schnell ändern ließen aber sie einen unbequemen Weg gehen müssten)beklagen aber nichts dafür tun,
etwas daran zu ändern.

Nun mache ich mich auf den Weg, sortiere meine Gedanken und weiß......
mein Mann will nichts wissen über die Gefühle und Gedanken, die mich beschäftigen.
Zitat: Ich will davon nichts hören, es belastet mich zu sehr.
Ich habe geglaubt, endlich einen Menschen gefunden zu haben, mit dem ich alles teilen kann, sowohl Freude als auch Leid.
Doch was ich jetzt spüre, ist.......

Ich bin immer noch allein mit meinen Gedanken
und Gefühlen ....
An ein loslassen ist überhaupt noch nicht zu
denken.
Ich kann es nicht, will es auch gar nicht,
habe Angst, dass die Erinnerung verblasst.
Habe Angst, dass ich mir sein Gesicht nicht mehr
vorstellen kann,
das Leuchten in seinen Augen vergesse………...

Wenn ich über Björns Tod rede,
kommen mir die Tränen.
Da ich immer noch nicht weiß,
wie ich damit umgehen soll,
rede ich mit anderen nicht darüber.
Ich rede über Björn, erzähle von ihm
aber wenn die Fragen weiter gehen,
signalisiere ich meinem Gegenüber,
das ich nicht darüber reden will.

Nur wenige wissen,
das ich immer noch um meinen Sohn trauere.
Zum einen, weil sich mein gesamtes Leben in
eine andere Richtung entwickelt hat und sich
mein Umfeld völlig verändert hat.
Die Menschen in meinem Umfeld, sind andere…
Die einzige gleich bleibende Konstante in
meinem Leben, sind meine Kinder und die
Art wie ich mit meinem Schmerz und der Trauer
umgehe.
In dieser Hinsicht, habe ich keine Person,
der ich so weit vertraue.
Also schreibe ich weiter meine Texte,

lese sie von Zeit zu Zeit immer mal wieder selbst
durch.
Bei manchen Texten erschreckt es mich,
wie nah ich am Abgrund stand "damals „
und es niemand sah, nicht einmal ahnte.
Auf der einen Seite bin ich froh,
dass ich es bis heute allein bewältigt konnte
aber auf der anderen Seite, hätte ich gern
jemanden an meiner Seite, der mich versteht ,
der mich einfach nur in den Arm nimmt,
fest hält und sagt: Es ist ok wenn du weinst.
Aber da es nun mal nicht so ist ,
halte ich meine Tränen zurück, schlucke sie
runter, wenn mir zum heulen ist,
warte bis ich allein bin. Auch wenn ich meinen
Weg gefunden habe, so gibt es doch immer
wieder Nischen, in die ich mich flüchte, inne
halte, zurück gehe in meiner Zeit, mich erinnere.
Sowohl an das schöne, als auch an das
schmerzvolle. Manchmal spüre ich den Tod so
stark, dass es mich erschreckt. Ich fürchte mich,
mir wird kalt, obwohl der Schmerz meine Seele
zu verbrennen scheint. Doch auch die Liebe und
Zärtlichkeit, das Glück das ich mit meinem Sohn
empfand, sind in meiner Seele eingebrannt.
Manchmal ist es, als würden zwei Seiten
miteinander kämpfen. Mal siegt die Eine, mal die
Andere aber egal welche Seite siegt, meine
Tränen finden ihren Weg und in diesem
brennenden oder sehnsuchtsvollem Schmerz,
sind Stift und Papier meine besten Freunde.

Ich vermisse dich,
obwohl es schon so lange her ist,
als du mich verlassen hast.
Ich möchte weinen,
doch ich kann es nicht,
nicht wenn ich wach bin.
Wenn ich träume und dich immer wieder
verliere,
weine ich um dich,
ich spüre den Schmerz,
die Hilflosigkeit und die Verzweiflung,
machtlos zu sein.
Ich habe gelernt stark zu sein,
doch es quält mich, Dinge einfach hin nehmen zu
müssen,
weil ich weiß, sie nicht ändern zu können.
Ich wollte um dich kämpfen,
doch es war zu spät, du warst schon fort,
fort für immer.
Ich hoffte du würdest meine Liebe spüren,
denn diese Liebe kann ich nicht einfach
abstellen.
Obwohl du schon so lange fort bist
und ich dich nicht in meine Arme schließen kann.

Die Erinnerung und die Liebe,
leben in meinem Herzen weiter.

Abschied

Es ist Zeit,
ich muss jetzt Abschied nehmen.
Will es nicht.................
Doch irgendwann, muss es sein.

Alles in mir schreit nach dir.
Gestern warst du noch bei mir,
heute bist du nicht mehr hier...........
Bist gegangen, vor so langer Zeit.

Meine Sehnsucht will nicht schwinden,
Tränen glitzern in meinem Gesicht.
Der Schmerz und die Erinnerung,
kämpfen ums gleiche Gewicht...........

Ich verschiebe den Abschied auf später............

.................ich kann es nicht..................

habe Angst, der Schmerz könnte siegen.

Mit Tränen im Blick

Mit Tränen im Blick,
seh ich dein Gesicht.
Ein kleines Bild,
auf Marmor gelegt.
Die Sehnsucht im Herzen ,
sie wird nie vergehn,
so wenig wie der Schmerz ,
der in meiner Seele lebt.

Ich denke an dich

Ich denke an dich,
in tiefer Liebe .
Ich denke an dich,
voller Sehnsucht.
Ich denke an dich,
in zärtlicher Erinnerung.
Ich denke an dich,
in tiefer Trauer .
Der Schmerz lässt nicht los.
Nach all den Jahren ,
ist es wie gestern

Ich vermisse dich

Ich sehe dein Gesicht vor mir,
möchte dich in die Arme nehmen,
doch du bist nicht bei mir.

Meine Gedanken kreisen ständig um dich,
möchte dein Lächeln sehen,
das Glitzern in deinen Augen,
wenn ich mit dir rede,
doch du bist nicht bei mir.

Du bist ein Teil von mir,
von meinem Leben,
doch du bist nicht bei mir.

Ich bin traurig, es tut weh,
möchte schreien vor Sehnsucht und Schmerz,
denn du bist fort..............

------------*für immer*------------------

Steh am Fenster,
schaue hinaus in die Dunkelheit.
Plötzlich, sehe ich dein Gesicht,
es spiegelt sich im Fensterglas.

Dein Lächeln strahlt mich an.
Ich weiß, es ist nur die Spiegelung
meiner Sehnsüchte und die Tränen
laufen mir über die Wangen.

Meine Sehnsucht nach dir wird
immer größer,
ich sehne mich so sehr nach dir,
das es weh tut.
Und doch weiß ich,
das die Sehnsucht niemals erfüllt
werden kann.

Denn du mein Sohn,
bist für immer von mir gegangen.

Fünfzehn Jahre sind vergangen

Trotz meiner großen Familie, mit inzwischen
sechs Kindern
(meine fünf und ein Enkelkind)
finde ich immer noch die Zeit zum Friedhof zu
fahren.
Björns "Bettchen " in Ordnung zu halten,
zum Rhein zu fahren und mich meinen
Gedanken hin zu geben.
Ich habe keinen bestimmten Rhythmus
aber der Todestag und sein Geburtstag sind für
mich Tage,
an denen ich unbedingt zu ihm muss.
Ich bringe ihm Rosen, für jeden Monat unseres
zusammen seins, eine Rose der Liebe.
Sechs Rosen Jahr für Jahr
und immer stehe ich allein vor seinem Grab.
Mit Tränen in den Augen, die Sehnsucht
unbändig,
der Schmerz ist körperlich zu spüren.
Es ist für mich zu einem Ritual geworden.
Sein Vater und deren Familie, respektieren
dieses Ritual.
So dass sie sich darauf beschränken,
eine Kerze an zu zünden.
Manchmal, wenn ich gerade in einer Phase
stecke, in der mich der Schmerz, die Sehnsucht
und die Trauer überfallen,
empfinde ich eine unerklärliche Unruhe und
Zerrissenheit, weiß nicht mal warum.
Empfinde ein gewisses Selbstmitleid und eine
Ungerechtigkeit gegen über dem Leben,

dem Schicksal, was auch immer .
Es hängt wahrscheinlich mit meiner gesamten
Lebenssituation zusammen.
Diesen Empfindungen, stehe ich völlig hilflos
gegen über, weiß noch nicht wie ich damit
umgehen soll. Dachte ich hätte einen Weg
gefunden, damit um zu gehen. Selten spürte ich
eine solch Unausgeglichenheit in mir.
Den Glauben an Gott habe ich bereits vor Jahren
verloren, also mit wem oder was sollte ich mich
auseinander setzen, als mit mir selbst?
Und das ist gar nicht so einfach.
Ich ziehe mich dann zurück und grübele vor mich
hin ....
Diese Momente sind jedoch selten, da ich bei uns
der Familienmanager bin, habe ich meist
tausend andere Dinge im Kopf, die erledigt oder
organisiert werden müssen .
Doch wenn ich dann mal zu Ruhe komme und
erst mal anfange zu grübeln, versinke ich in eine
Dunkelheit, in der ich mich seltsamer weise
geborgen fühle.
Obwohl mich Trauer und Schmerz aufs Neue
ergreifen, merke ich, dass es mir gut tut,
diese Empfindungen zuzulassen,
mich fallen zu lassen.
Es ist vielleicht eine Art von Selbstmitleid
gepaart mit der Erkenntnis,
sich selbst wichtig zu sein,
die eigenen Bedürfnisse zu erkennen ....
Und sich mit der Zeit auch mit ihnen
auseinander zu setzen.......................
Vielleicht würde es mir helfen, einfach nur

darüber zu reden ohne Gegenfragen gestellt zu
bekommen aber es ist niemand da, dem ich mich
so weit öffnen würde.

Meine ältesten Kinder gehen ganz
unterschiedlich mit dem Thema um.
Der Große spricht nur sehr selten über Björn,
meiner ältesten Tochter kommen die Tränen,
(so wie mir auch)
wenn sie über Björn spricht und mein jüngster
Sohn stellt immer mal wieder Fragen ....
Wie es mir ging, ob es mir immer noch weh tut,
warum Björn starb usw.
Das Thema macht ihn betroffen,
weil er spürt, dass ich traurig werde.
Wenn ich mit den Kindern über ihren Bruder
spreche, versuche ich die tiefe Traurigkeit die
immer noch in mir lebt nicht zu zeigen.
Ich möchte nicht, dass sie das Gefühl
bekommen,
sie dürften nicht über ihn reden, nur weil ich
dann traurig werde.
Kinder sind sehr sensibel auf diesem Gebiet und
spüren sofort die Anspannung der
Eltern/Erwachsenen.
Auch meine jüngsten Kinder wachsen in dem
Bewusstsein auf,
das es Dinge gibt im Leben, die wir nicht
beeinflussen können und einfach hinnehmen
müssen, weil wir sie nicht ändern können.
Egal wie sehr wir es uns auch wünschen!!

Um zu begreifen, was dieses für einen selber bedeuten kann, sind sie noch zu klein.
Aber die Zeit wird kommen, in denen auch sie Fragen stellen werden ......Ich hoffe, ich kann bis dahin besser mit allem umgehen.
Auch sie sollen wissen, dass sie mit mir über Björn oder den Tod an sich reden können.
Auch wenn sie merken, dass es mir weh tut oder ich mit meinen Gefühlen kämpfe.
Ich denke nur so können alle meine Kinder lernen mit schmerzhaften Situationen um zu gehen. Ich hoffe dass meine Kinder eine solche Situation niemals selbst erleben müssen.
Und wenn es doch so geschehen sollte, werden auch diese für sie völlig nieder schmetternd sein, trotz meiner Bemühungen sie darauf vor zu bereiten, denn auf solch eine Situation kann man niemanden vorbereiten.

Es ist Nacht,
ich habe Sehnsucht.
Rufe deinen Namen,
doch Antwort bekomme ich nicht.

Du bist von mir gegangen,
wie mir scheint, vor ewigen Zeiten.

Ich konnte nicht einmal um dich kämpfen,
du warst einfach fort.
Nur dein kleiner Körper war noch da.

Ich hielt ihn fest, wollt ihn wärmen,
neues Leben einhauchen,
doch ich musste einsehen,
das ich dich verloren hatte.

Der Schmerz war übermächtig,
er lähmte mich Wochen lang.

Heute, habe ich gelernt, damit zu leben.
Aber manchmal,
sind die Sehnsucht und das Wissen
um   deinen Verlust so stark,
das ich die Tränen nicht mehr
aufhalten kann.

Wo bist du nur hingegangen????

Träume

Träume die aus Tränen sind ,
ziehen in mein Herz.
Es ist schon so lang her,
man sollte meinen,
der Schmerz hätte sich gelegt.

Doch in manchen Nächten
wütet er in meinem Herzen,
reißt es in tausend kleine Stücke.

Kann niemals vergessen,
was einst geschah..........

Du fehlst mir noch sehr

Sehnsucht erfülltes Sein ,
wann werden wir beisammen sein?
Bist gegangen vor langer Zeit,
ließest mich im Dunkeln allein.
Kämpfte mich frei von Kummer und Leid.
Lernte zu leben mit Trauer und Schmerz.
Mit der Sehnsucht kämpfend,
jeden Tag.
Meine Gedanken bei dir ,
sagen:

Du fehlst mir immer noch sehr.

Tränen die nie vergehn

Tränen die nie vergehn,
Tränen die keiner sieht,
Tränen von Trauer genährt,
Tränen vom Schmerz erfüllt.

Tränen unaufhaltsam,
bahnen sich ihren Weg,
steigen auf aus meinem Herzen.
Trauer so schwarz wie die Nacht,
hab´s nicht über mich gebracht,
muss leben mit diesem Schmerz.

Kann ihn doch keiner lindern,
niemand kann ihn sehn.
Eingeschlossen tief im Herzen,
bricht heraus in dunkler Nacht,
wenn die Einsamkeit erwacht,
wenn allein ich sitz im Dunklen,
Fragen über Fragen stell.

Stille mir entgegen schleudert,
tut fast körperlich schon weh.....
Antworten bekomme ich doch nie,
aufhören zu fragen, werd ich wohl nie!!!!!!!!

Gedankenverloren

Gedankenverloren ,sehnsuchtschwer,
so stehe ich am Fenster.
Schaue in die schwarze Nacht,
der Sturm tobt dort draußen,
so wie in meinem Herzen.

Wirbelt alles durch einander,
ein Chaos der Gefühle.
Versuche es zu ordnen, schaff es nicht,
zu stark, zu lebendig sind die Erinnerungen.

Tränen auf meinem Gesicht,
Tränen der Liebe, die in mir brennt;
Tränen der Sehnsucht ,die nicht vergeht;
Tränen der Hilflosigkeit ,es nicht ändern zu
können;
Tränen der Einsamkeit ,die so trostlos scheint.

Tränen in grenzenloser Traurigkeit geboren,
vereint in salzige Meeren
drohe in ihnen zu ertrinken............
Finde keinen Halt,
nicht in dieser Nacht;
lass mich treiben,
in Verzweiflung und Schmerz...............

So das ich morgen wieder lächeln kann...............

2005
Heute ging der Tod an mir vorüber....

Meine älteste Tochter wurde heute zum zweiten Mal Mutter. Eigentlich sollte es eine schöne beglückende Situation sein, wäre es auch gewesen unter normalen Umständen.
Meine Tochter hatte Hämatome in der Gebärmutter, keiner konnte uns sagen, woher sie kamen. Letzt endlich bekam sie eine Vergiftung, die ihr und das Leben des Kindes bedrohten. Am Anfang der 25. Woche musste ein Notkaiserschnitt vorgenommen werden, niemand wusste, ob ihr Sohn überleben würde. Es war ein Wettlauf mit der Zeit.
Kurz vor der OP, stand ich vor ihrem Bett, konnte so eben meine Tränen zurück halten. Sie wollte ihrem Sohn keinen Namen geben, wollte nicht einmal darüber nach denken. Sie so hoffnungslos zu sehen, tat fürchterlich weh.
Ich wusste genau was sie durch machte, welche Ängste sie hatte.
Ich wusste, würde ihr Sohn nicht überleben, würde ich auch meine Tochter verlieren. Die Zeit vor dem OP Raum erschien mir unendlich. Ich zog alle Möglichkeiten des Ausgangs der Operation in Betracht. Spürte nur diese entsetzliche Angst beide zu verlieren. Ich fühlte mich so hilflos, sprach mit Björn, er solle über die Beiden wachen und wenn sie zu ihm kämen, solle er sie zu rück schicken. Ich sah und sehe Björn, als Schutzengel meiner

Kinder, das wurde mir in diesen Momenten des Wartens klar. Als mir dann gesagt wurde, dass der Junge lebte, sogar selbstständig atmet und meine Tochter den Eingriff gut überstanden hatte, war ich erst einmal erleichtert. Begleitete meine Tochter auf ihr Zimmer und wartete bis sie erwachte. Ich erzählte ihr, dass ihr Sohn lebte und er einen Namen bräuchte aber auch zu diesem Zeitpunkt, konnte sie sich nicht überwinden ihm einen zu geben.

Sie schickte mich zu ihm, um nach zu sehen wie es ihm ging und um ihm einen Namen zu geben. Also ging ich zu ihm.

Er war so winzig aber seine Kraft und der Wille zu leben, spürte ich sehr deutlich, ich war davon überzeugt, dass er es schaffte.

Da ich wusste welche Namen meine Tochter zur Auswahl hatte, wählte ich den, der mir sofort einfiel, als ich ihn sah.

Ich machte mir große Sorgen um meine Tochter und sah wieder einmal. Egal wie sehr ich mich bemühte, meine Kinder auf schmerzvolle Erfahrungen vor zu bereiten, es funktioniert einfach nicht.

Jeder lernt nur damit um zu gehen, in dem er sie selbst erlebt. Ich kann nur für sie da sein, wenn es soweit ist….

Ein Engel starb

Die Welt lag grau und düster,
Eis legte sich über die Pflanzen,
der Wind tobte wütend durch die Felder,
der Himmel weinte eisige Tränen.

Eine Frau, kaum dem Mädchenalter
entwachsen,
ganz still stand sie da,
hielt ihr Kind in Armen,
schaute auf ihn herab.
Blind vor Tränen, sah sie sein Gesicht,
so als würde er nur schlafen.

Sie sagte kein Wort,
kein Schluchzen war zu hören.

.............Doch..............

Ihre Seele schrie verzweifelt
in den Sturm hinein............

"Warum nehmt ihr mir mein Sonnenschein?
Nie wieder werde ich dieselbe sein.
Mein Engelchen starb und der Schmerz ward
geboren.
So wie die Erinnerung und Liebe,
so wird auch er, ewig in mir sein.

        Das wird mein Leben sein.............
Wie viel kann eine Seele ertragen
ohne daran zu zerbrechen?

Gedanken die nie vergehn

Heute ist wieder so eine Nacht,
in der ich nicht zur Ruhe komme.
Ich schließe die Augen
und sehe alles ganz klar vor mir.
Die Erinnerung an jenen Tag,
als ich dich verlor.

Ich komme in dein Zimmer,
will dich in meine Arme nehmen,
sehe Dich,
sehe dein blaues kleines Gesicht.
Ich ahne du bist fort,
hoffe aber dass es nicht so ist.
Angst und Schmerz schießen mir
durch meinen Körper.
Ich drücke dich an mich,
rufe deinen Namen,
doch ich erreiche dich nicht mehr.
Du bist für immer von mir gegangen.
Gedanken wie:
Hätte ich es verhindern können?
War ich nicht achtsam genug?
Habe ich etwas übersehne oder überhört?

All diese Gedanken ,
rasen durch meinen Kopf,
während ich deinen kleinen Körper,
fest in meinen Armen halte.
Diese Fragen stelle ich mir noch heute,
ich liege wach und meine Wangen,
sind tränenfeucht.

Ich kann es nicht vergessen,
bin froh, dass niemand meine Tränen sieht,
denn trösten kann mich   niemand!!!!

Einsam in Trauer allein

Die Sonne scheint,
die Vögel zwitschern.
Sitze auf ner Bank,
nicht weit von dir .

Genieße den Frieden dieses Ortes.
Spreche in Gedanken mit dir,
schaue zu dir hinüber,
Tränen bahnen sich ihren Weg,
tief aus meinem Herzen.

Halte sie zurück,
denke: "Was nutzt es wenn ich wein,
es wird niemals anders sein.

Die Trauer ,der Schmerz
sie werden ewig sein.
Ich werde sie tragen,
wie immer allein.

Heute ist es 17 Jahre her,
das du gingst von mir.
Habe mich bewusst abgelenkt,
bin sogar tanzen gegangen
nur um nicht in diese Leere zu fallen,
in der ich dem Schmerz und der
Sehnsucht hilflos ausgeliefert bin.
Ich dachte, wenn ich unter Leute gehe,
kommt die Leere erst gar nicht auf.
Es hat auch prima geklappt.

-------gestern-----------

Heute hat es mich mit so einer   Wucht getroffen,
das ich meine,
es nicht aushalten zu können.
Ich fühle den Schmerz mit einer Intensität,
das es mir körperlich Schmerzen bereitet.
Habe das Gefühl, als wenn mein Herz
zerspringen will.
Die Sehnsucht nach dir ist so stark,
das es mir fast die Seele zerreißt.
Ich nehme dein Bild in meine Hände,
weine um dich,
frage wieder mal

--------------Warum------------

Bekomme keine Antwort .Die Tränen laufen mir
die Wange hinunter......ist mir egal...
Es ist eh niemand da, der sie mir weg wischen
könnte ...wie immer.

Ich bin in Gedanken und in meinem Herzen immer bei dir.

In Liebe und Sehnsucht ,
deine Mama

Ein friedlicher Ort

Einsam sitze ich da,
Menschen gehen vorüber,
schauen mich hilflos an.
Ich sehe sie kaum, beachte sie nicht.

Den Blick von Tränen getrübt
schaue ich zu dir hinüber,
Spreche in Gedanken mit dir,
so als säßest du mir gegenüber.

Doch die Zeiten ,
in denen du mir dein Lächeln schenktest,
in denen du mir meinen Tag erhelltest,
in denen ich dich in den Armen hielt,
sind lange schon Vergangenheit.

Die Hilflosigkeit und Verzweiflung
sind längst gegangen,
doch die Trauer und der Schmerz ,
sind lang noch nicht Vergangenheit.

Sie sind verschlossen in meinem Herzen.

An diesem Ort der stillen Einkehr,
finden sie den Weg ans Licht.
Wie aus einer anderen Welt ,
hör ich leise dein Geflüster.
Willst mir sagen:" Weine nicht,
ich werde immer bei dir sein.
Ich bin dir so unendlich nah,
möchte gar nicht gehen von diesem Ort......

Doch kann ich hier nicht ewig verweilen........
Also wische ich meine Tränen fort,
sammle und verabschiede mich,
werfe einen letzten Blick zurück
und gehe zum Friedhoftor hinaus.

Seelenreisen

Ich fliege zu dir.......
Mach die Seele frei, entschwebe dieser Welt,
getrieben von der Sehnsucht,
wieder mit dir vereint zu sein.
Nur in den dunklen Stunden,
kann ich mich entfalten.
Schwebe durch Raum und Zeit,
Schmerz   und Pein hinter mich lassend,
der so tief in meinem Herzen wohnt.

Der Sehnsucht folgend,
immer auf der Suche nach dir ....
Sitzen auf ner Sternschnuppe ,
eingehüllt im Sternenstaub.
Kuscheln zärtlich, halte dich in meinen Armen,
seh das Leuchten in deinen Augen,
spür die Liebe tief in mir.......

Verharre leis, halt dich ganz fest,
bis der erste Sonnenstrahl mich sanft
von unsrem Sterne schubst.......

Schwebe leis in meine Welt zurück.....
Blinzle mit tränennassen Augen in die Sonne,
begrüße den neuen Tag mit einem
Lächeln.............

Niemand ahnt etwas,
von meinen nächtlichen Seelenreisen.....

Jahrestag   9.4.2006

Tränen verschleierter Blick,
der Schmerz den ich so gut bekämpfte,
jeden Tag.......
bricht heraus mit all seiner Macht.
Lässt mich frieren und erzittern,
blicke fragend in den Himmel.
Wird es einmal anders sein,
ohne diesen dumpfen Schmerz,
ohne diese quälende Frage nach dem "Warum"?

Stehe hier hab dir Rosen mitgebracht,
für jeden Monat unseres Zusammen seins,
eine Blume der Liebe.
Sechs an der Zahl,
es sind nicht viel,
wirken verloren,
so wie du............

Nur die Erinnerung an dein süßes Lächeln,
an das Glitzern in deinen Augen,
ist mir geblieben.
Stehe hier vor dir.
mit Tränen im Gesicht und immer noch allein,
so wie jedes Jahr an diesem Tag.

Dunkelheit herbei gesehnt

Lang ist´s her,
das du gingst von mir,
doch die Sehnsucht brennt noch immer in mir.

Wenn die Erinnerung erwacht
und dein Blick den meinen trifft.
spür ich die Liebe, die Zärtlichkeit
von einst.

Mein Herz ruft nach dir,
nennt dich beim   Namen,
wartet auf Antwort.

Doch alles bleibt still..........
Du fehlst mir so sehr!!

Die Dunkelheit, kann mich nicht mehr schrecken,
war schon zu oft bei ihr zu Gast,
verweilte Tage – manchmal Wochen lang......
Fand stets den Weg allein zurück!!

Doch "Heute", wenn meine Seele weint,
gequält   von Trauer   und Schmerz,
Träume mich vom Schlaf abhalten,
rufe ich die Dunkelheit herbei.
Lasse mich fallen,
gehe immer weiter ins Dunkle hinein,
bis mich von außen nichts mehr erreicht.

Versinke in Tränenmeeren,
Tränen die den Schmerz, die Trauer und
die Sehnsucht bekunden.

Ein Hauch eines Lächelns,
das von Liebe zeugt
und Dankbarkeit für unsere Zeit.........

Spuren eines Engels

Er kam auf die Welt,
und schenken mir das größte Glück auf dieser
Erde.
Ich spürte die Kraft, die in ihm wohnte,
die Liebe, die in seinem Herzen ruhte.

Er schenkte mir Freude und Glück,
sowie auch manche Sorgen.
Wir haben gelacht,
bis die Tränen uns kamen.
Gekuschelt ganz zärtlich und leis,
nur unsere Herzen warn noch zu hörn.

Viel zu kurz war seine Zeit,
er ist gegangen vor langer Zeit.
Noch heute spüre ich die Liebe
und Kraft dieses Engels............
Den ich meinen Sohn nennen dürfte.

Langsam geh ich meinen Weg,
schaue auf die Fluten neben mir.
Der Wind weht leise durch die Blätter,
wie ein leises Flüstern,
es scheint als wollt er mir sagen.
Sei nicht traurig, du bist nicht allein,
dein Engel wird immer bei dir sein.
halt ihn fest in deinem Herzen,
so wirst du ihn niemals ganz verlieren.

Meine Sehnsucht, meine Trauer
sie will nicht schwinden.
Denke zurück an diesen einen Tag,
an dem meine Welt in tausend Stücke zerbrach.
Damals dachte ich:
"Wie soll ich das nur übersteh´n?"
Wie soll ich meinen Weg denn hier zu Ende
gehen, mit diesem entsetzlichen Schmerz,
der meine Seele zerreißt,
mein Herz bluten lässt,
alle Hoffnung auf ein glückliches Morgen
verloren.

Ich hab´s geschafft........

Ich liebe das Leben, lache gern und viel,
genieße das Leben so wie es sich gibt,
bin ein fröhlicher, unbeschwerter Mensch,
der auch in negativen Dingen noch etwas Gute
entdeckt.

Doch ab und an gibt es Tage,
an denen mein Lächeln in Tränen ertrinkt,
meine Fröhlichkeit unter der Trauer leidet.

Denn auch das gehört immer noch zu meinem
Leben............

April 2007

Meinem Sohn zum Abschied

Mein lieber Junge, ich weiß,
das du bei mir bist.
In meinem Herzen,
wirst du immer lebendig sein
und so soll es auch sein.
Keine Seele soll je vergessen sein!

Nun aber mein Sohn, ist es an der Zeit,
dich los zulassen.
Es tut mir in der Seele weh,
mein Herz weint, doch ich muss es tun.

Ich muss es tun für uns beide.

Ich weiß, irgendwann werden wir uns
wieder sehen, in deiner Welt.
Wann es geschieht, wie viel Zeit noch vergeht,
wer weiß das schon....

Bis es soweit ist, lebe ich mein Leben,
wie es sich gibt, mit allen Konsequenzen.
Werde es lieben und genießen,
mit der liebevollen und dankbaren Erinnerung
in meinem Herzen.

Nun lebe wohl....

In Liebe, deine Mama

Der Wind tobt, zerrt an mir,
treibt die Wellen zu einer tosenden Flut.
Ich sitze im Sturm, völlig unberührt
hänge meinen Gedanken nach.
Erinnere mich, als wäre es erst gestern.
Denke an meinen kleinen Engel,
ein Lächeln huscht über mein Gesicht.
Erinnere mich an sein Lächeln, an seine Augen,
die   mich manchmal so wissend an sahen.
Sein Blick, in dem der Übermut blitzte,
wenn seine Geschwister und ich mit ihm herum
alberten.
Er war noch sehr klein und   schenkte   mir so
viel Glück,
dass ich es mein Leben lang in Erinnerung
haben werde.
Als er starb, dachte ich, ich müsse selber
sterben. Der Schmerz die Verzweiflung,
zerrissen mein Herz.
Meine Seele zerbrach fast an diesen
entsetzlichen Schmerz.
Der Schmerz und die Trauer gruben sich ein,
in das Innerste meiner Seele.
Seit diesem schicksalhaften Tag,
leben sie in mir.
Mal sind ihre Stimmen Wochen lang nicht zu
hören doch dann, ganz unerwartet,
schreien sie so laut,
das es mich aus meiner gewohnten Bahn wirft.
Ein kleiner Moment reicht schon aus,
um die Erinnerung zu wecken ....
Das Lachen eines Babys, was sich anhört wie
das von Björn. Große, braune Babyaugen aus

denen mich der Übermut anlacht, lassen mein Herz schneller schlagen, denn es erinnert sich immer noch sehr genau. Dann spüre ich die Sehnsucht wieder ganz stark, die Sehnsucht nach dem Verlorenen. Eine Wehmut die in mir wohnt, zeigt sich dann in meinem Lächeln.....

Nach dem ich mich von meinem zweiten Mann getrennt hatte, (was jetzt fast fünf Jahre her ist) hatte ich mehr Zeit für mich allein. Ich konnte Dinge tun, zu denen ich vorher keine Zeit hatte, wie z.B. Freundschaften aufbauen. Für meinen zweiten Mann hatte ich alles aufgegeben, zog in eine andere Stadt, so dass die alten Kontakte mit der Zeit einschliefen. Ich fuhr mit den Kindern spontan Bekannte besuchen, ging tanzen oder tauchte einfach am „Kinder freien" Wochenende, ich hörte und sah nichts.... und niemand konnte mich dann erreichen.
Ich genoss / genieße diese Zeit, obwohl es mir am Anfang schwer viel, so ganz allein zu sein. Immer wenn ich „abtauchte", setzte ich mich mit meiner Trauer auseinander ,
erst ganz unbewusst, dann gezielt .
Tauchte in eine Dunkelheit, die kein Ende zu haben schien und zum ersten mal, war keines meiner Kinder da, auf das ich Rücksicht nehmen musste/konnte. Manchmal saß ich Stunden lang an ein und demselben Platz, ließ meinen Tränen freien Lauf.
Erschüttert von der Heftigkeit meiner Gefühle, womit ich nach all den Jahren nicht mehr rechnete.

Mit jedem weiteren „Abtauchen" konnte(kann)
ich besser mit dem Schmerz und der Trauer
umgehen ….
Auch heute ,wenn der Schmerz und die Trauer in
mir schreien ,Besitz von mir ergreifen,
ziehe ich mich zu rück.
Lasse den Tränen freien Lauf,
lasse mich fallen in die unendliche Dunkelheit.
Spüre, ich reise zurück in meiner Zeit.
Leide und trauere still, allein mit mir.
Ein schmerzliches Sehnen breitet sich aus,
erfüllt meinen ganzen Körper.
Meine Seele ruft nach meinem kleinen Engel,
mein Herz zerspringt fast in der Erinnerung,
an das Glück was ich einst mit ihm erlebte.
Der Gedanke an Björn zaubert mir ein Lächeln
auf mein Gesicht und ich bin dankbar für die Zeit
mit ihm. Für all die schönen Erinnerungen in
meinem Herzen.

Doch die Erinnerung an seinen Tod ,
treibt mir die Tränen in die Augen,
bahnen sich unaufhaltsam ihren Weg aus den
Tiefen meiner Seele …..
Aber mit der Zeit, sind diese Erinnerungen
weniger geworden, so das jetzt die schönen
Erinnerungen überwiegen……..

Ich bin eine fröhliche, lebenslustige Frau,
die gerne und viel lacht.
Schlechte Laune gibt es bei mir nur selten.
Liebe und genieße mein Leben
so wie es sich gibt.
Finde auch in negativen Dingen noch einen Sinn.
Sehe die guten, sowie auch die negativen Seiten
im Menschen, nehme sie so wie sie sind,
Jemanden zu ändern, liegt nicht in meinem Sinn.
Respektiere das Leben in jeder Art.
Wer mich heute sieht und kennt, würde nie
vermuten wie ich früher mal war.
Ich habe seit zwei Jahren einen neuen Job,
es ist etwas völlig anderes, als das, was ich
bisher beruflich getan habe. Er macht mir Spaß,
ich liebe den Umgang mit den Menschen.
Durch ihn lerne ich viele neue Leute kennen,
wovon einige mittlerweile zu guten Bekannten
geworden sind.
Ich setze mich ein, da wo es Mir nötig erscheint.
Habe eine Neugierde in mir entdeckt,
die mich allem Neuen gegen über offen sein
lässt. Dennoch, stehe ich mit beiden Beinen fest
im Leben.
Ich merke die veränderten Lebensumstände,
die vielen neuen positiven Erfahrungen,
machen es mir leichter,
mit der Trauer und dem Schmerz um zu gehen.
Ich habe eine Freundin, mit der ich offen über
Björn, meine Trauer um ihn und über meinen
Schmerz sprechen kann. Wir reden nicht oft
darüber, aber ich weiß,
wenn mir danach zu Mute ist, kann ich mich

darauf verlassen, das sie da ist.
Ich frage nicht mehr nach dem "WARUM ".
Hader nicht mehr mit dem Schicksal,
warum all die Dinge geschahen,
die mich zu Boden rissen.
Es ist nicht das Schicksal, mit dem man fertig
werden muss,
sondern dein eigenes „ICH" ist es,
mit dem du dich auseinander setzen musst,
um mit dem Leben zu Recht zu kommen.
Irgendwann las ich mal einen Satz, der mir
später immer mal wieder in Erinnerung kam.

Er lautete: Die Stärke eines Menschen zeigt sich
erst dann, wenn er am Boden liegt und
niemanden da ist, der ihm wieder auf hilft.

Ich fand diese Kraft in mir, stand immer wieder
auf und wuchs an den jeweiligen Erfahrungen,
obwohl ich mir dessen erst sehr viel später
bewusst wurde.
Sie und die Liebe zu meinen Kindern waren es,
die mich vor dem Tod bewahrten,
(sowohl vor dem körperlichen, als auch vor dem
emotionalen).
Denn damals,
hätte ich nur zu gern auf gegeben ....

Auch wenn mein Herz und meine Seele heute
wieder lachen, so wird ein Teil tief in mir,
immer um Björn trauern.
Es wird immer Momente geben,
in denen die Stimmen der Trauer und des

Schmerzes wieder ganz laut schreien,
ich mich zurück ziehe um allein zu sein....
Denn der Tod meines Sohnes,
ist ein Teil meines Lebens!!

Es ist nun zwanzig Jahre her und doch,
erscheint es mir wie gestern...........................

Epilog

Langsam schließe ich das Buch,
betrachte das Bild auf dem Umschlag,
streiche zärtlich darüber.
Wehmut breitet sich aus ....
Es zeigt den Jungen dieser Frau,
meine Augen füllen sich   mit Tränen...
Die Erinnerung an diese Frau ist so lebendig,
so nah..................
Ich kann sie spüre, ihre endlose Sehnsucht,
ihre tiefe Trauer.
Spüre den Schmerz, den sie in ihrer Seele trägt.

Denn diese Frau, lebt in mir....

*Leider gibt es viel zu viele Eltern die ihre Kinder
auf die eine oder andere Art verlieren.
Mit der Trauer um zu gehen ist nicht einfach,
oft finden wir erst nach einiger Zeit den richtigen
Weg, mit ihr zu Recht zu kommen.
Jeder hat so seine eigene Art und Weise.
Welcher "Umgang" ist normal????
Welche „Therapie „ist die richtige???*

*Das, kann nur jeder für sich selbst entscheiden!!
Und diese Entscheidung, sollte   Jeder
respektieren!!*

*Sei offen für das, was der andere sagt oder eben
nicht sagt ………………*

*Wir als betroffene Eltern sollten bedenken,
die Menschen in unserem Umfeld sind hilflos der
Situation gegen über.
Sie wissen oft nicht wie sie sich richtig verhalten,
obwohl sie doch helfen möchten.
Ihr   könnt ihnen dabei helfen, in dem ihr ganz
offen und ehrlich sagt, was ihr vom „Helfer"
erwartet oder erhofft. Respektiert ihn und
reagiert nicht wütend oder sarkastisch, wenn er
in euren   Augen etwas Falsches sagt.*

Er weiß es einfach nicht besser!

Inhaltsverzeichnis

Luisa Hope, geboren 1967, ist eine lebenslustige,
fröhliche Powerfrau.
Mit ihrem Beruf im Einzelhandel,
ihren fünf Kindern und drei Enkelkindern,
lebt sie ein abwechslungsreiches und manchmal
turbulentes Leben.
Sie schreibt seit ihrer frühen Jugend,
verarbeitet so, für sie schwierige und schmerzvolle
Erfahrungen.

Im April 2008 veröffentlichte sie ihr erstes Buch,
mit dem Titel, „Verborgene Gedanken".
ISBN 9783981181449